KB059115

# 카미키 아야노
## Ayano Kamiki

17살 현역 여고생. 하루후미의 착각으로 인해,
그의 집에서 동거하게 된다.

"네 이름은
냥이야~?"

"오늘은……,
카레로
할까요."

# 쿠로모리 시오리
## Shiori Kuromori

19살 현역 여대생.
입주할 곳을 구할 때까지
하루후미의 집에서
동거하게 된다.

"……집에
돌아가면
뭐 할까."

# 타니가와 하루후미
## Harufumi Tanigawa

26살. IT 기업에
근무하는 바쁜 회사원.

"기, 기다, 기다리셨…… 죠……."

셋이서 작은 모니터를
들여다보았다.
좌우에서 아야노와
시오리의 얼굴이
다가오며 양쪽에서
같은 샴푸 향기가 났다.
코끝이 약간 간지러웠다.

## CONTENTS

**역도보7분** 1DK。여대생、여고생 포함。②

장볼 것

쌀, 우유, 토마토, 린스

가연성 쓰레기 / 매주 수요일, 토요일

불연성 쓰레기 / 첫째 월요일, 셋째 월요일

폐지·판지링 / 매주 월요일

병·캔·플라스틱 용기 / 매주 금요일

# ○ 프롤로그

"하루 씨, 앞 좀 잘 보고 다녀."

운동복 차림의 아야노가 나의 추태를 보고 어이없음 반 걱정 반이 담긴 얼굴로 말했다.

"……그러게."

나는 벤치 위에서 고개를 끄덕였다.

추태——그야말로 추태였다.

나는 현재 버스정류장 옆 벤치에 앉아 수건을 얼굴에 대고 있었다. 수건에는 코에서 나온 붉은 피가 묻어 있다. 그 이유인즉슨 바로 조금 전 버스정류장에서 얼굴을 세게 들이받았기 때문이다. 이렇게나 화려한 정면충돌은 요즘 개그에서도 보기 힘들다. 그 결과 일요일 아침 댓바람부터 이렇게 코피를 쏟고 있는 것이다.

나 스스로도 이 나이에 이게 뭐 하는 짓인가 싶어서 어이가 없을 지경이다.

어이가 없는 수준이 아니다. 정말 질렸다. 완전히——

"이 나이에 이게 뭐 하는 짓인지."

"그보다 하루 씨, 오늘 어쩐지 좀 이상하지 않아?"

"정말이지 누구 탓에……."

"엥, 누구 때문인데?"

"아니, 누군지는 모르겠지만."

"엥, 무슨 뜻이야?"

아야노가 멍한 얼굴로 고개를 갸우뚱했다. 나는 그 멍한 얼굴을 뚫어져라 쳐다보았다.

내가 이상해진 이유는 뻔하다.

어젯밤의 그 일.

취해서 잠든 나에게 누군가가 키스를 했다.

그 때문에 나는 오늘 아침부터 괴로움에 몸부림치기도 하고, 붕 떠 있기도 하고, 힐끔힐끔 두 사람의 동거인 사이에서 눈을 굴리기도 하고, 어쨌든 내가 생각해도 명백하게 수상한 거동이었다. 하도 눈을 굴린 탓에 충혈되기 일보 직전인 안구는 봐야 할 것은 모조리 다 놓치고 도통 알 수 없는 두 사람의 행동만을 담고 있었다.

그리고 끝내 버스정류장과의 격돌.

한심하다. 스물여섯이나 먹고 실로 한심했다. 사춘기냐. 그리고 지금의 아야노의 반응으로 보아 아야노가 키스를 했을 가능성은 없어 보인다. 하지만——.

"부딪힌 곳 이걸로 찜질하세요……."

시오리가 근처 편의점에서 스포츠 음료를 사다 주었다. 시오리는 아야노와 똑같은 운동복 차림에 긴 머리를 포니테일로 묶고 있었다.

시오리가 페트병을 내미는 모습은 포카리 스웨트 광고로도 쓸 수 있을 것 같았다.

"……."

"……하루후미 씨?"

나는 페트병을 내미는 시오리를 물끄러미 올려다보았다.

그녀의 차분함은 아야노와 같은 레벨로 평소와 다름이 없었다. 즉 관찰만으로는 어느 쪽의 키스였는지 판단할 수가 없었다. 어느 쪽도 수상쩍은 기색이 보이질 않는다. 이 상황에서는 오히려 내가 제일 정상이 아니었다. 약간 수상쩍은 느낌마저 들었다.

"저기, 하루후미 씨……?"

"응? 아, 미안, 고마워."

"하루 씨, 역시 오늘 이상한데? 무슨 일 있어?"

"숙취, 인 걸까요……?"

"앗, 무슨 조개가 좋다던데? 바질?"

"……바지락 아닐까요?"

"으음~, 아니면 소화불량인가? 어제 잔뜩 먹었으니까 나이 들면 그럴 수도 있대."

"그렇다면 오늘 식사는…… 간단하게 하는 편이……."

"엑, 바지락만 먹는 거야?"

"그런 뜻이 아니라……."

여고생과 여대생이 남의 수상한 거동에 대한 화제로 달아올랐다. 나는 수건으로 코를 누르며 시오리가 준 스포츠 음료를 콧잔등에 가져갔다. 페트병의 차가움이 충격에 열기를 띤 콧대에 닿아 기분 좋았다.

"하아아아……."

나는 정류장 벤치에 앉아 시선을 조금 위로 들었다. 여름을 품은 햇살이 페트병 바닥에 닿아 눈부시게 일렁였다. 정류장 옆 거리를 보니 가로수들도 녹음이 짙어지며 초여름이 다가왔다는 것을 실감케 했다. 뭐랄까, 움직이지 않아도 살짝 더울 정도로.

"……조금, 덥네요."

"그러게. 오늘은 좀 더운 것 같아."

정류장 옆쪽에서 아야노와 시오리도 땀을 닦고 있었다.

나는 쉬이 단념하지 못하고 다시 한번 두 사람을 관찰했다.

아야노는 평소와 같은 본격적인 러닝 스타일. 늘씬한 몸매는 여전히 탄탄하게 잘 잡혀있고 후끈거리는 뺨은 은은하게 붉어져 있었다. 아야노는 셔츠 옷자락을 팔랑팔랑 잡아당기며 바람을 넣고 있었다. 시원할 수는 있겠지만 행동이 과감한 탓에 하얀 배가 조금씩 보인다. 조금 단정치 못한 행동이었다.

"아야노 양, 그건 좀……."

"엑, 하지만 이러면 시원한데?"

"다른 사람들도 있으니까……."

아야노의 저 행동, 사실은 날 유혹하기 위한 모션 같은 게 아닐까?

아니, 근데 저 아무렇지도 않은 태도를 보면 평소와 같은 범주인가. 시오리와 담소를 나누는 느낌도 평소와 크게 다르지 않다. 오늘 아침만 해도 평소처럼 기운차게 이불을 널었고.

"그보다 시이 그 옷, 역시 멋있어. 잘 어울려."

"그, 그런가요……. 감, 사합니다."

시오리는 어제 하라주쿠에서 새로 산 민소매 운동복을 입고 있었다. 운동용 속옷도 새로 장만한 덕분인지 가슴의 흔들림도 줄어 지난주보다 움직이기 편해 보였다.

당사자는 몸무게에 신경을 쓰는 눈치였지만, 민소매 사이로 들여다보이는 팔이나 신체 라인 어디에 불만이 있는 건지 대충 봐서는 찾기 힘들었다. 그보다 내 관점에서 말하면 오히려 이상적인 스타일로 보일 정도다.

그리고 시오리 역시 겉보기로는 달라진 부분은 없었고, 오히려 아야노와의 대화에 익숙해져서 그런지 지금까지 이상으로 침착하고 부드러워진 느낌이었다. 페트병을 건네준다는 배려도 시오리라면 특별한 감정과는 무관하게 해 줄 것 같다.

그나저나 이렇게 놓고 보니 전혀 유형이 다른 두 사람이지만, 나란히 담소하는 모습은 그림이 된다.

포용력 있는 다정한 언니와 씩씩하고 밝은 동생이라는 느낌.

"……."

두 사람을 바라보고 있자니 나 혼자만 둥둥 뜨는 기분이다. 이유는 알고 있다──이건 새삼스럽게 다시 볼 필요도 없는 문제지만. 두 사람은 미소녀, 혹은 미녀라고 불러도 무방할 정도의 용모와 성격을 갖고 있다.

솔직히 말해 상당히 귀여운 외모라는 것이다.

내가 고등학생이나 대학생 시절에 그들을 만났다면 쉽게 넘어갔을 자신이 있다. 그렇지만 지금의 나는 먹을 만큼 먹은 어른이다. 동거인이라는 입장도 있으니 그 둘을 호감의 대상으로 보지 않으려고 했다.

그것이 당연한 윤리관이다.

심히 유감스럽게도 내가 말한 이 '당연함'은 어이없을 정도로 간단히 금이 가 버리고 말았지만.

——한밤의 키스.

그 때문에 지금 나는 억누르고 있던 감정을 마주하고 있었다.

마주해서 뭘 어쩌겠다는 건 아니지만, 그동안 생각하지 않고 있던 걸 억지로 의식하게 됐다는 건 확실했다. 그런 짓을 당하고 아무것도 느끼지 못할 만큼 몸과 마음이 모두 시든 건 아니었다. 하지만 여대생이나 여고생한테 욕정을 품는 건 사회인의 체면과 관계된다——….

"……."

"저, 저기…… 하루후미 씨?"

"하루 씨?"

생각에 잠겨있자 시오리와 아야노가 쓴웃음을 띠고 있었다.

"응? 왜 그래."

"아니, 코피 흘리면서 뚫어져라 쳐다보고 있으니까. 무슨 일 있어?"

"저기…… 괜찮으신가요?"

두 사람의 걱정을 받고 나는 스스로의 모습을 되돌아보았다.

만인이 다니는 대로변에서 여고생&여대생을 응시하면서 코피를 흘리고 있는 남자가 있다면 확실히 오해받을 만한 광경이었다. 거의 최악에 가깝다. 아예 그냥 악몽이다. 나는 코를 누른 채 한숨과 함께 중얼거렸다. 정말로——.

"이 나이에 대체 뭐 하는 걸까……."

벌써 스물여섯이나 먹었는데 나는 아무것도 모르고 있었다. 날

향한 감정에, 자신의 감정에 어떻게 대응하면 좋을지를. 그리고,
응. 일단 이 코피를 빨리 멈추게 하는 방법 같은 것도.

# 제 1 화 ○ 호랑이도 제 말 하면 온다

달리기를 마친 일요일 정오 직전.

일단 코피는 멎었고 나는 지금 화장실 청소에 한창이었다. 한창이었지만 청소는 뒷전으로 놔둔 채 변기에 우두커니 앉아 있다.

예로부터 화장실은 생각하기에 적합한 장소라고 불려왔다. 중국의 옛 선인도 그렇게 말했다. 그리고 나는 옛사람들의 말에는 경의를 갖고 있는 인간이었다.

"……그럼."

화장실 변기에 앉아 로댕처럼 생각하는 사람 포즈.

생각하는 것은 물론 '누구인가'에 대해서다.

그날 밤, 누가 나에게 키스를 했는가. 관찰만으로는 원하는 결과를 얻지 못했다. 그래서 다른 접근 방법을 궁리하고 있는데 좀처럼 좋은 방법이 떠오르지 않는다. 차라리 "어젯밤 키스한 건 어느 쪽이야?"라고 대놓고 물어 버릴까.

아니, 하지만.

그러면 키스를 하지 않은 쪽에게도 어젯밤에 그런 일이 있었다는 사실이 드러난다. 그건 어쩐지 좋지 않을 것 같다. 일단 키스를 한 상대에게 미안하다. 사생활이라든가 기타 등등의 이유로. 아니, 애초에 상대의 양해 없이 키스를 했다는 것 자체가 좋지는 않지만.

그보다 '애초에'라고 한다면, 애초에 어떤가.

저 두 사람 중 어느 한 사람이 내게 호감을 갖고 있다, 라는 생각이 가능한 건가.

"——모르겠다."

적어도 미움을 받지는 않았을 거다. 이 한 달간의 사건을 되돌아봐도, 어느 쪽인가 하면 반드시 호의적으로 보이고 있을 것 같은…… 기분이 든다.

다만 그 호의는 '신뢰하는 어른'을 향한 것이라고 생각했다.

신뢰와 연애와는 큰 차이가 있다.

이를 오해하면 종종 불행이 찾아오고는 한다.

회사의 선배가 젊은 신입에게 열을 올리는 모습을 싸늘한 시선으로 보는 것과 같은 맥락이다.

남의 연애사에 참견해서 훈수를 두는 것도 멍청한 짓이고 연애에 나이는 상관없다는 말을 부인하고 싶지도 않지만, '신뢰하는 어른에게 성적인 시선으로 보였다'라는 건 상당히 불쾌할 것 같았다. 그녀들의 신뢰를 배신하고 싶지는 않다. 이 나이에 착각하는 것도 한심하다. 하지만, 키스까지 당한 마당에 착각이고 뭐고 따질 상황인 건가——….

"하루 씨, 초인종 울리는데."

"……으음."

"안 나갈 거야?"

"……으음."

"내가 나갈까~?"

"……으~음."

생각에 잠겨 있는 사이 사고의 방향이 엉뚱한 곳으로 튀고 있었다.

어쩐지 이미 그 키스 자체가 술에 취한 내가 꾼 꿈이었던 건 아닐까. 사실 꽤 술을 마신 다음이었다. 어쩐지 기억도 가물가물해지고 있어. 애초에 나에게만 너무 좋은 상황이었잖아. 그런가. 그럴 수도 있는 건가.

"모두 꿈이었다. 그래, 그런 건가?"

"저기…… 하루후미 씨."

"응?"

내가 화장실에 틀어박혀 있는데 밖에서 시오리가 부르는 소리가 들려왔다. 게다가 뭔가 묵직한 울림이 담겨 있었다. 그러고 보니 조금 전에 아야노에게도 불린 것 같은데.

아야노의 목소리는 흘려듣고 시오리의 목소리를 신경 쓰는 건 어째서인가. 아니, 근데 아야노의 목소리는 어쩐지 가벼운 느낌이 들어버린단 말이지. 시오리는 진중한 울림이 있어서 그만 주의를 기울여야 할 것만 같다. 두 캐릭터의 차이랄지. 아니, 지금 이런 쓸데없는 생각을 하고 있을 때가 아니다.

무슨 일인가 싶어 내가 화장실에서 얼굴을 내밀자 시오리가 난처한 표정으로 서 있었다.

"무슨 일 있어?"

"그게, 실은……."

"어라? 그러고 보니 아야노는?"

"저기…… 저쪽에……."

시오리가 곤란한 표정을 지은 채 엘리베이터 안내원 같은 모습으로 오른손으로 현관을 가리켰다.

　나는 화장실 문 너머로 고개만 쭉 빼서 현관 쪽을 바라보았다.

　"앗, 하루후미!"

　"앗, 하루 씨!"

　나는 순간적으로 화장실에 다시 들어가 문을 걸어 잠갔다.

　일단 냉정하자. 서두른다고 좋을 건 아무것도 없다. 좋아, 난 냉정해. 다음은 상황을 돌아보는 거야. 진정해. 지금 현관에는 두 사람이 있어. 두 사람 다 여자다. 그리고 서로를 마주하고 서 있다. 여기까지는 괜찮아. 좋아. 쿨하게 가자.

　당연히 한 사람은 아야노였다. 이쪽은 문제없다.

　그리고 또 한 사람.

　그보다 왜 있는 거야, 당신은. 연락 같은 것도 전혀 없었잖아.

　약속을 잡으란 말야, 약속을. 왜 아무렇지도 않게 오카야마에서 나온 거냐고.

　"하루후미, 이놈아! 틀어박혀 있지 말고 제대로 설명을 혀야지! 하루후미!"

　화장실 문이 쾅쾅 울리고 있었다.

　저기 정말로 이거, 모든 게 꿈이었다는 걸로 끝나지 않으려나.

　참고로 지금 화장실 문을 쾅쾅 두드리고 있는 여성의 이름은 타니가와 에나코라고 한다. 나이는 사십몇 세. 오카야마에 살고 있어야 하는 나의 어머니였다.


○

"뭐여, 그런 거였어~? 하여간 너무 젊어 보여서 깜짝 놀랐지 뭐냐!"

어머니는 소파에 앉아 시오리가 우린 홍차를 한 손에 들고 만족스러운 표정으로 말했다. 청바지와 티셔츠라는 깔끔한 여름 옷차림, 짧게 잘라 목 언저리까지 오는 머리 스타일. 무엇보다 나를 닮아 약간 사나운 눈초리를 가진 얼굴은 누가 봐도 타니가와 에나코──어머니였다.

"아하하, 자주 들어요~, 동안이라고~."

아야노는 그런 어머니와 마주 앉아 살갑게 웃으며 대답했다.

나는 그 아야노 옆에서 "하하하" 하는 푸석한 웃음소리를 내고 있었다. 그리고 시오리는, 아까부터 주방에 서서 안절부절못하고 있었다.

어머니는 푸석한 웃음소리를 내는 나도, 안절부절못하고 있는 시오리도 눈치채지 못했다. 정확하게는 한껏 들떠서 거기까지 생각이 미치지 못하는 거겠지. 어머니의 의식은 오로지 아야노를 향하고 있었다. 그 두 눈에는 '흥미진진'이라고 적힌 스티커가 커다랗게 붙여져 있는 것 같았다.

"얼굴도 작고 몸매도 좋고, 꼭 모델 같네~."

"앗, 에헤헤, 그런가요~?"

아야노는 살갑다고 할지, 칭찬을 듣고 평범하게 기뻐하고 있다. 쓰다듬을 받고 꼬리를 흔드는 작은 강아지라는 느낌이다. 나와 시오리는 몰래 시선을 교환했다.

"……."

"……."

시오리는 입을 다물면서도 불안한 듯 눈썹을 축 늘어뜨렸다.

그녀가 느끼고 있는 불안에는 나도 진심으로 동의한다. 역시 첫 소개부터 무리가 있었다. 순간적인 일이었다고 해도 아야노를——….

"어쩜, 하루한테 이런 **멋진 여친**이 생기다니~."

어머니가 천진한 목소리로 얼토당토 않는 소리를 내뱉는다.

아야노가 "에헤~" 하면서 웃는 가운데 시오리는 조용히 시선을 돌렸고, 나는 간담이 서늘해지는 것을 느꼈다.


——요컨대 아야노의 존재를 속이기 위해 의식의 흐름대로 뱉어버렸다는 거다.

갑자기 방문한 어머니에게서 "이런 젊은 애를 데려다 놓고 뭐 하는겨?!"라는 다그침이 시작되던 차에, 아야노가 기지를 발휘해 "저 하루 씨 여자 친구예요!"라고 대답한 것이다.

"이렇게 보여도 대학생이거든요!"라고. 터무니없는 상대에게 한층 더 터무니없는 것을 부딪쳐서 상쇄시키는 수법이라고 할까, 고질라에게 킹콩을 들이미는 것과 같은 맥락이다. VS 시리즈 같은 수법인 거다.

다만 아야노의 발언에 관해서는 원인으로 짚이는 데가 있었다.

전에 역 앞 세이유*에서 했던 대화가 아야노의 기억에 남아있었으리라. "어머니가 『여친 없냐』라고 묻는 게 귀찮아"라는 대화가 오갔던 날. 그날 아야노가 했던 의외의 발언 "그럼 내가 여친 역할 해줄까?"가 실행으로 옮겨진 형태일 거다.

결과적으로 어머니는 한껏 들뜬 상황이 되어 버렸다.

이건 나의 경험에서 우러나온 것이지만, 들뜬 엄마라는 생물은 대체로 아들의 의사에 완전히 반하는 말밖에 하지 않는다. 오히려 아들이 싫어하는 화제를 솔선수범 고른다.

"어휴, 근디 정말로 밝고 귀엽긴 한데, 우리 하루후미로 괜찮은 거여? 하루후미 어디가 좋아서? 쟈는 딱 봐도 흐리멍텅하잖여?"

"거기 생산자분, 자사 제품에 책임감을 좀 가져주시겠습니까?"

"스물여섯이나 먹고 부모한테 책임 운운하는 건 좀 아니지?"

어머니는 나의 불평을 일축해 버리고, 아야노에게 "어디가 좋은겨?"라며 성가신 질문의 전형 같은 걸 되풀이하고 있었다. 아야노는 대답하기 어려운지 머뭇거리고 있다.

"사, 상냥한 부분이라든가?"

"응응, 그리고, 그리고?"

"아, 저기, 그, 저를 잘 봐주고, 팔에 의외로 근육도 있고요?"

"허어, 또, 또?"

"박식하고 차분한 점이나, 앗, 목소리가 낮은 것도 의외로 좋고. 옆모습 같은 것도……."

"다른 건, 다른 건?"

---

*일본의 유명한 쇼핑센터 체인

"저기…… 앗, 자는 모습도 좋아요!"

아야노는 열심히 연인 행세를 이어가 주었다.

다만 저기, 자는 모습을 칭찬하는 건 상당히 괴롭다고 할지, 엉뚱한 오해를 살 것 같으니 그만뒀으면 좋겠는데. 어머니 당신도 "어머머"가 아니지. 뭐가 "어머머"야. 라는 식으로 내가 아야노의 칭찬에 일희일비하며 한숨을 내쉬고 있는 한편──.

"……."

시오리는 여전히 불안해 보였다.

눈썹이 팔자를 그리고 있다. 가엾게도.

아야노가 무심코 허점을 드러낼까 싶어 제정신이 아닐 것이다. 그보다, 자는 모습 운운하는 부분에서 이미 한없이 허점이 드러났다고 할지, 내 명예는 이미 구멍투성이다. 사회적 워킹 데드에겐 명예도 뭣도 없을지도 모른다.

그보다, 이런 거짓말에는 역시 무리가 있었다.

우선 아야노는 말주변이 좋지 못하다. 이야기가 길어질수록 무심코 뭔가가 튀어나올 것 같은 예감이 넘쳐났다. 살짝 칭찬만 받은 걸로도 입가가 움찔거리고 있고.

빨리 손을 써야지.

문제는 하나다. 등장부터 상대, 어머니에게 대화의 주도권을 넘겨준 것부터가 좋지 않았다. 뭐냐고, 이 태풍 같은 사람은. 이러다 생활이 지반째 날아갈 것 같다. 대화의 주도권을 빼앗아 조속히 퇴장시켜야 한다.

나는 아야노를 질문 공세로 몰아붙이고 있는 어머니에게 억지로 끼어들어 질문을 되돌렸다.

"──그래서, 뭐 하러 왔어? 이렇게 갑자기."

"응? 콘서트 보러 온 김에 겸사겸사 왔다. 니 연휴에도 안 왔잖여. 근처 왔으니까 얼굴 보고 돌아가려고 했지."

"아니, 그래도 연락은 하고 왔어야지."

"미리 연락했으면 또 대충 넘겼겠지. 게다가 갑자기 온 덕에 오늘 니 여친까지 봤으니 만사 오케이 아녀? 안 그랭?"

"나이 마흔 줄인 사람한테『안 그랭?』이라는 말을 들어도 말이지."

"뭐여, 귀엽잖여? 귀엽다고 말혀."

"엎드려 절 받아서 무슨 의미가 있는데…….."

나와 어머니 사이에 오가는 대화에 아야노와 시오리는 난처한 얼굴로 웃고 있었다.

"하루 씨는 어머…… 가족이랑 사이가 좋구나?"

"어머! 아야노도『어머님』이라고 불러주려고?"

"앗, 아아~…….."

아야노는 순간 말을 멈춘 채 웃는 얼굴이 경직됐다.

사정을 모르면 눈치채지 못할 정도의 사소한 틈이다. 하지만 나는 아야노가 삼킨 말에 대해 생각했다──어머니. 자세한 이유는 모르지만 아야노가 이 화제를 꺼린다는 건 알고 있었다.

화제를 바꾸자. 그렇게 생각하고 내가 입을 열려 했을 때.

"──**저기.**"

아무도 말리지 못할 것 같던 태풍이 그 한마디에 딱 그쳤다. 들

떠 있던 어머니의 의식이 비로소 시오리 쪽으로 향했다. 긴 침묵을 깬 시오리에게 나와 아야노의 시선도 향했다. 시선이 모두 쏠리자 시오리는 조금 불을 붉히며 입을 열었다.

"점심 드시고 가시겠어요? 저기…… **어머님**?"

시오리의 그 마지막 한마디에 어머니가 기뻐했다는 건 말할 것도 없다.

○

"이, 입맛에 맞으시면 좋겠는데……."

그렇게 말하며 시오리가 준비한 점심은 소면이었다.

좌식 테이블 위에는 시오리가 삶은 국수가 대접 위에 얼음과 함께 담겨 있었다.

국수는 한 입 크기로 한 덩어리씩 나뉘어 둥글게 말려 있었고, 그 옆에 놓인 작은 그릇에는 파와 양하, 깨 등 여러 재료들이 담겨 있었다. 이외에도 오이, 잘게 썬 계란 등 취향에 따라 올릴 수 있는 고명까지 준비되어 있다.

그저 삶기만 한 것이 아니라 평소처럼 섬세하고 세심한 배려가 돋보이는 식사였다.

"어마어마하네!"

어머니는 시오리의 실력에 감탄을 금치 못했다.

생각해 보니 본가에서 소면이 나올 땐 대개 소면 간장이랑 파로 끝—, 이라는 간소한 형식이 많았다. 여름 방학의 점심 식사라든가, 여차하면 자신이 스스로 삶을 수도 있었고. 아들에게 흐리 멍텅하다고 말했지만, 그 아들은 의외로 당신의 등을 보며 자란 것 같다.

"잘 먹겠습니다~."

"잘 먹었습니다."

"잘 먹겠습니다."

"네, 맛있게 드세요……."

그렇게 해서 식탁에 둘러앉아 넷이서 점심을 먹었다. 내 맞은 편에 어머니가 앉아 있고, 시오리와 아야노가 마주 보고 앉아 있었다. 그러고 보니 어머니와 함께 식사한 게 얼마 만인지.

"앗, 시이, 이건 뭐야?"

"이건 양하예요."

"좋네~, 양하. 마침 제철이고. 시오리, 정말 맛있다."

"아, 감사, 합니다."

"그보다 하루후미. 평소에도 시오리한테 요리를 시키냐?"

"엇, 아니, 뭐."

나는 국수를 홀짝이며 시선을 피한 채 애매하게 대답을 얼버무 렸다. 아니, 국수가 맛있어서. 응. 양하의 산뜻한 맛이 좋네. 시 오리가 만든 요리는 최고라니까.

"듣고 있냐, 하루후미~?"

"앗, 하지만 저…… 전에 오야코동을 만들어 주셨어요……."

"아아, 나도 알아. 그 꼬치 올라간 거 말하는 거지?"

"하루!! 니 그런 조잡스러운 음식을 남의 집 아가씨들한테 먹인겨?!"

"앗, 아니, 뭐."

"그만 좀 허라니깐. 엄마가 제대로 된 식사를 하라고 몇 번을 말혀!"

"아니, 당신도 대체로 이상한 창작 요리를 하잖아."

"엄마는 경험에서 우러나는 창의적인 발상이고, 니는 귀찮음에서 오는 절차생략!!"

"오오, 태클에서 하루후미 집안의 DNA를 느꼈어."

"하루후미 씨의 말투, 어머님이랑 좀 닮으셨네요……."

아야노와 시오리의 평가에 나와 어머니는 ""그럴 리가 있겠어?""라고 대답하고는 다시 서로 얼굴을 마주 보았다. 덕분에 두 사람에게 한바탕 웃음거리가 되고 말았다.


시끌벅적한 점심 식사가 끝난 뒤.

주방에서 설거지를 마친 어머니는 집을 한번 슥 둘러보고는 "그럼 슬슬 가볼까"라고 말했다. 배웅을 나가려는 아야노와 시오리를 어머니는 손짓으로 만류하고 주머니에서 스마트폰을 꺼내 들었다.

"두 사람 번호 좀 알려줘. 우리 멍청이가 뭔 짓 하면 연락혀."

"앗, 네."

"가, 감사합니다……."

어머니와 아야노, 시오리가 스마트폰 번호를 교환하는 동안 나

는 외출복으로 갈아입었다. 늘 입던 흰 셔츠와 청바지였다. 옷을
다 갈아입은 타이밍에 맞춰 마침 여성들 쪽도 번호 교환을 끝낸
것 같았다. 어머니가 스마트폰 주소록 화면을 흔들어 보이며 날
향해 웃는다.

"뭔 일 생기면 신칸센 타고 두들겨 패러 날아올 테니께."

"신칸센 요금 낭비야. 아들 두들겨 패러 오는 데 돈을 쓰느니
사랑의 열매에 기부나 해."

"거 시끄럽네. 그럼 신칸센 타고 온 도시를 끌고 다니는 형으로
해줄까?"

"협박 문구의 잔학성이 무자비하잖아."

나와 어머니의 바보 같은 대화에 아야노와 시오리가 키득키득
웃는다.

어머니는 "그럼 또 봐"라고 하며 현관으로 향했다. 나는 어머니
를 따라 현관까지 가서 입구에 놓여 있던 캐리어를 들었다.

구두를 신고 있던 어머니가 "어메?" 하면서 돌아본다.

내가 캐리어를 끌며 말했다.

"역까지 바래다줄게."

"그려? 그럼 부탁 좀 하마."

집에 아야노와 시오리를 남겨두고 나는 아사가야역으로 향하
는 어머니와 동행했다.

○

나는 캐리어를 끌며 어머니의 뒤를 걸었다.

역까지 이어진 나카스기 거리는 느티나무 가로수 길로 유명했다.

보도를 따라 커다란 느티나무가 줄지어 서 있고, 초록 잎사귀 그늘 사이로 강렬한 햇빛이 스며들었다. 나뭇잎의 그림자가 바람에 흔들리자 콘크리트 보도 역시 수면처럼 반짝반짝 빛났다.

나는 가지와 잎이 바스락거리는 소리와 캐리어의 롤러가 콘크리트의 거친 지면에 깎이는 소리를 들으며 어머니의 보조에 맞춰 천천히 걸었다.

"시오리, 조금 더 있을 거 같으면 부모님께 연락 한 번 드려. 니가 혀도 되고 시오리가 혀도 되고."

어머니가 등 너머로 그렇게 말했다.

내가 "알았어"라고 퉁명스레 대답하자 어머니는 "흐응" 하고 납득한 것 같으면서도 하지 않은 것 같은 느낌으로 애매모호하게 고개를 끄덕인다. 이어서 의식의 흐름대로 내뱉듯이 어머니는 가볍게 화제를 바꿨다.

"하루후미, 여자 취향이 변했냐?"

"응? 왜."

"아야노, 전 여친이랑은 꽤나 타입이 다르던디."

"전이라면, 아―, 우미노를 말하는 건가?"

"확인해야 할 정도로 많았던겨?"

"여친이 생길 때마다 연락할 정도로 당신 아들은 성실하지 않으니까."

"그런 말은 당당하게 하는 거 아니여."

가벼운 농담으로 말을 돌렸지만 어머니가 말한 건 『우미노』임에 분명하다.

우미노 치사토.

고등학생 시절 생긴 여자 친구로 대학에 들어간 이후에도 교제를 이어갔다. 어머니가 얼굴을 아는 상대라면 우미노일 거다. 한번 집에 온 적이 있으니까.

우미노는 고등학교 동창이었다.

2학년 때 반이 같았고 그쪽에서 먼저 말을 걸어왔다. 우미노와는 고등학교 2학년 때부터 대학교 2학년이 끝날 때까지 사귀었는데, 어째서 말을 걸었는지는 아직 모른다. 단순한 변덕이었을까, 누구라도 좋았던 걸까.

우미노에게는 그런 느낌이 들 정도로 자유로운 분위기가 있었다.

우미노와 나는 정반대의 인간이다.

우미노는 기본적으로 대화를 즐기는 습관이 없다. 여기서부터가 우선 큰 차이다. 예전부터 소설이나 영화를 좋아했던 나로서는 우미노는 이성이자 외계인이었다.

게다가 우미노는 밝고 사교적이었다. 너무 거리낌 없이 말해서 상대가 기피하는 일도 많았지만 비교적 귀염성 있는 미인으로 교우 관계는 넓었다.

무엇보다 우미노는 그 어떤 문제도 미루는 법이 없었다. 트러블 슈터라고 할까, 중재자라고 할까, 쉽게 말해 정리역 같은 구석이 있었다.

돌이켜 보면 그런 우미노와 나의 관계가 4년이나 지속된 것이 더 기적이었다.

모양이 다른 톱니바퀴가 우연히 잘 맞물렸던 걸까. 그것도 결국 타협하지 못해서 헤어지게 됐지만.

우미노와 마지막으로 만난 건 대학 졸업식 때였다.

이미 연인이라는 관계는 파국을 맞이한 채 각자 다른 곳을 향하고 있었다. 그러니 정확히 만났다기보다는 '보였다'는 게 맞다. 나는 대학을 나왔고 우미노는 법과 대학원에 진학했다고 들었다. 그 뒤의 일은 듣지 못했다.

우미노에 대해 생각하고 있는 사이 아사가야역이 보이기 시작했다.

역은 횡단보도를 끼고 건너편에 있었다. 신호를 기다리는 동안 어머니가 "스물여섯이나 먹고 부모가 이래라저래라할 건 아니지만——"이라는 서론을 꺼내며 말을 이었다.

"너, 제대로 처신하고 살어."

"……갑자기 무슨 말이야?"

이야기 도중 신호가 파란불로 바뀌었다.

어머니는 말을 끊고 걷기 시작했다.

뒷말이 신경 쓰였지만 나도 어머니의 뒤를 따라 횡단보도를 건넜다.

일요일의 아사가야역 앞은 사람은 많지만 혼잡하다고 할 정도로 붐비진 않았다. 주말에는 쾌속 열차도 멈추지 않는, 주오선 중에서도 틈바구니에 낀 역이다 보니 그 정도로 붐비지는 않는 것이다. 신칸센의 티켓은 이미 구입이 끝난 상태였다.

나는 개찰구 앞에서 어머니에게 캐리어를 넘겼다.

어머니가 내 눈을 보고 말한다.

"──하루후미."

"응?"

"베란다에 있는 세탁물 잘 들여놔라."

어머니의 말에 나는 역사 바깥의 하늘을 보았다.

확실히 조금 전까지 푸르던 하늘에 약간의 먹구름이 끼기 시작하고 있었다. 내가 날씨에 정신을 뺏긴 사이, "빈틈 발견"이라며 뒤통수에 촵이 날아들었다. 내가 "아팟"이라고 말하는 사이 어머니는 이미 개찰구 저편으로 건너가고 있었다.

"그럼 간다."

어머니는 한 손만 가볍게 흔들고 그대로 성큼성큼 플랫폼까지 올라가버렸다.

끝까지 속을 알 수 없는 사람이다.

"뭐냐고, 저 양반은……."

나는 계단을 오르는 어머니를 배웅하고, 한 대 맞은 뒤통수를 긁적이며 쓴웃음을 지었다.

○

하루후미 씨와 어머니가 함께 역에 간 후의 일입니다.

아야노 양이 '따악!'하고 양손을 모은 채 "미안, 시이!"라고 하며 미안한 얼굴로 눈을 감았습니다. 그때 저는 빨래를 걷으려고 일어난 참이었습니다. 갑작스러운 사과라 무엇에 대한 것인지 알 수 없어서 저는 좀 당황했습니다.

"앗, 저기, 무슨 뜻인가요……?"

"그게, 내가 멋대로 여자 친구라고 말해버렸잖아."

"아니, 하지만 어쩔 수 없는…… 상황이었잖아요…….."

"아니 근데, 내가 여친 연기하고 있을 때, 시이의 눈빛이 장난 아니었단 말이야."

"그, 그그그, 그렇지는……."

"눈이 완전 퀭했다니까. 이렇게, '원망스럽구나~' 하는 눈빛으로."

아야노 양이 흔들흔들하며 양손을 들어 올렸습니다.

그런 유령 같은 얼굴을 했던 걸까요? 그, 그래서는 안 돼요. 이제 대학생이니 어른의 여유를 가져야죠.

저는 부끄러움에 얼굴이 뜨거워졌습니다.

"아, 그리고 말이지. 내가 말문이 막혔을 때 도와줘서 고마워."

"앗……『어머님』이요."

"응, 그거그거. 완전 당황했다니까~, 어쩐지 말이 안 나오더라고."

아야노 양이 밝은 얼굴로 그렇게 말했습니다.

저는 뭐라고 해야 할지 알 수 없었습니다.

아야노 양은 가족에 대해 언급하고 싶어 하지 않습니다. 하루후미 씨도 지금까지 그곳에 크게 발을 들여놓지 않았습니다. 그곳에 큰 상처가 있어서, 만지면 피가 흐를 거라는 걸 알고 있으니까——상처를 마주하게 되면 지금보다 더 상처받아 버릴지도 모르니까. 그래서 상처받은 그녀에게 하루후미 씨도 말을 삼갔던 거겠죠.

하루후미 씨의 침묵은 옛날부터 변하지 않았습니다.

누군가에게 상처를 주지 않기 위해 선택한, 상냥한 유예.

결단을 강요하지 않는 무언의 보류.

하루후미 씨는 '무슨 말을 할까' 이상으로 '무슨 말을 하지 않을까'를 극구 선택하는 사람입니다. 그 걱정은 높은 확률로 아무도 눈치채지 못할지도 모릅니다. 하지만 전 그 침묵에서 구원받았고, 그 보류 속에서 평온함을 발견했습니다.

"——그러게요."

그래서, 저도 말을 골랐습니다.

해야 할 말과 그렇지 않은 것들을.

"하지만 저기, 저도…… 어머님이라고 부르거나…… 좀 좋은 모습을 보여주려고 했으니까요."

"앗, 오늘 소면에 기합이 들어갔던 건 그런 의미였어?!"

"후훗, 실은 예정보다 하나 더 늘린 거예요……."

"치사해~! 완전 여친 어필이잖아!"

"후후……『장수를 잡으려면 먼저 말을 쏴라*』라는 말도 있잖아요……."

옛 선인들은 무척 친절하시네요.

중요한 건 전부 말씀으로 남겨주시니 말이에요. 후후후…….

*큰 목표를 공략하기 위해선 우선 그 주변을 공략하라는 뜻의 일본 속담

"시이, 사악한 얼굴! 사악한 얼굴 하고 있어!"

"우후후…… 앗, 구름이 끼기 시작했네요. 빨래를 걷도록 하죠."

"앗, 얼버무렸다! 시이가 얼버무렸어!"

"후후, 얼버무린 게 아니에요. 봐요, 구름이 정말 드리우기 시작했죠?"

그렇게 말하고 저는 베란다로 나갔습니다. 여름이 다가오니 소나기가 자주 내리네요. 아야노 양도 "앗, 정말 한두 방울씩 떨어진다!"라며 내리기 시작한 비를 보고는 서둘러 베란다로 나옵니다.

그리고 둘이서 빨래를 걷고 있을 때, 문득 깨닫고 만 것입니다.

저와 아야노 양은 얼굴을 마주 보았습니다. 그녀는 '아차~'하는 얼굴로 혀를 내밀고 있었습니다. 아마 저도 쓴웃음을 짓고 있었겠죠. 널어놓은 빨래들 중에 아야노 양의 교복이 있다는 걸 잊고 있었던 것입니다.

○

아사가야역에서 귀가하는 길, 나는 아야노의 맨션에 와 있었다. 평소의 습관이라는 것도 있었지만, 무엇보다 어머니의 "제대로 처신하고 살어"라는 한마디가 내 발을 맨션으로 이끈 것이다. 어머니의 말은 의외로 효과가 있다. 이 나이에 반항기라는 것도 한심하니 말이다. 다만 그 바람에 맨션에 도착하기 전 소나기를 맞고 말았다.

요즘 도쿄의 게릴라성 호우는 기세가 심상치 않다.

나는 비에 쫓기듯이 맨션 앞 처마로 뛰어갔다.

"우와…… 차가워라.'

빗속을 달린 건 찰나였지만 나는 양동이의 물을 머리부터 뒤집어쓴 사람처럼 되어 있었다. 역시 이렇게 젖은 모습으로는 초인종을 누를 수 없었다. 만약 아야노의 보호자가 집에 있더라도 이 상태로 대면할 수는 없을 것이다. 평범하게 첫인상을 해치는 수준으로 젖어 있었다. 그보다 입구에 들어가는 것조차 망설여졌다.

나는 맨션 앞에서 비를 피하며 셔츠의 끝을 쥐어짰다. 옷에서 흘러내린 빗물이 발치로 떨어졌다. 주변에서는 비와 콘크리트 냄새가 났다. 옷의 물기를 어느 정도 없애고 나서 고개를 드니, 조금 떨어진 곳에 있는 선객이 눈에 들어왔다.

정장 차림의 여성이 한 명 나와 같이 비를 피하고 있었다.

나는 괜한 불쾌함을 주지 않도록 미묘하게 거리를 두었다.

시선도 비가 오는 쪽으로 다시 돌렸다.

빗줄기는 강했지만 이 상태로는 오래 내리지 않을 것이다. 다만 한동안 기다려도 그치지 않을 것 같으면 아야노나 시오리에게 우산을 가져와달라고 하는 편이 좋을지도 모른다. 그런 생각을 하며 핸드폰을 꺼내는데.

"어?"

또 한 명의 비를 피하던 사람이 소리를 냈다.

커다란 혼잣말이라고 생각하고 슬쩍 시선을 돌렸지만, 여성은

이쪽을 보고 있었다.

나는 "왜 그러세요?"라고 물으려다 그대로 입을 벌린 채 굳어 버렸다.

그 여자는 귀염성 있는 미인이었다.

비에 젖은 탓인지 정장 셔츠가 비쳐서 속옷이 희미하게 드러났다. 타고난 갈색 머리를 휙 젖힌 여성이 웃었다. 멍해 있는 나를 재미있다는 듯 바라보면서. 이렇게 만난 건 4년 만인가.

『호랑이도 제 말 하면 온다』

옛날 사람들은 정말 준비성이 좋다.

중요한 건 전부 말로 남겨주고 있다.

"이게 누구야. 간만이네, 하루후미 군."

태연하게 그런 말을 건넨 것은, 바로 조금 전에 떠올렸던 상대.

내 전 연인――우미노 치사토였다.

# 제 2 화 ○ 어른의 계단을 오르는 법

우미노는 가벼운 걸음걸이로 척척 거리를 좁혀왔다.

"4년 만인가. 후후, 그립군."

거리를 좁히는 방법이 실로『우미노 치사토』다웠다.

경쾌하고 부담 없지만 어딘가 연극적인 느낌이 묻어난다. 그리고 일단 가깝다.『옛날부터 시력이 안 좋았어. 나도 모르게 거리가 가까워지고 말아』라고 본인에게 들은 적이 있지만 그런 수준이 아니었다. 원근감이 고장 났나 싶을 만큼 가까웠다.

"어때, 잘 지내고 있나?"

"아, 어어…….."

얼굴과 얼굴의 거리감이 거의 버그 수준과 맞먹었다. 그 긴 속눈썹이 이쪽 뺨에 부딪치는 게 아닐까 싶을 정도였다.

우미노의 가까운 거리감은 학창 시절에도 맹위를 떨치며 가냘픈 남자 제군들의 '혹시 나를 좋아하는 게 아닐까'라는 회로를 과하게 자극했었다.

그러면서 본인은 무자각이기까지 하니 보통 죄 많은 여자가 아니다.

캠퍼스 곳곳에 우미노의 피해자가 시체의 산을…… 까지는 좀 오버지만 우미노의 남자 친구였던 자신은 자잘한 원한을 사는 일이 많았다.

요컨대, 우미노 치사토는 기본적으로 천연으로 인간을 홀리는 존재인 것이다.

"아아, 뭐, 오랜만이네."

나는 한 걸음 물러서서 우미노와의 거리를 확보하고 말했다.

우미노는 내가 거리를 뒀다는 건 눈치채지도 못한 것인지 싱글벙글 웃고만 있다. 빗줄기는 여전히 거세고, 물방울이 콘크리트를 때리는 '쏴아아' 하는 소리가 계속되고 있었다.

"그보다 하루후미 군. 너무 매정한 거 아닌가?"

"4년 만에 만나자마자 불만 토로인가요? 그런 건가요?"

"뭐야, 왜 피해자인 척을 하는 거야?"

우미노는 어이없다는 얼굴로 미소를 지었다. 나는 "무슨 소릴 하는 거야"라며 고개를 기울였다. 우미노는 내가 정말 짐작하지 못한다는 걸 깨닫고는 "맙소사" 하고 놀란다.

"내가 연락해도 전혀 읽지 않고. 읽음이 달려도 답장도 없고. 사법고시 합격했을 때도 다들 축하해 줬는데 너만 안 왔잖나."

"아니, 아아─, 아마 일 때문에 좀……."

대학 졸업 후, 일에 매달리느라 학창 시절의 지인이나 고향 친구의 연락을 무시했던 무렵의 악행이 지금 이렇게 자신에게 되돌아오고 있다. 자업자득이다.

"그보다 붙었구나, 사법시험."

"이거 봐, 매정해. 붙은 건 1년도 전이고 이제 사법 연수도 끝났다."

우미노는 그렇게 말하면서 홱 가슴을 젖혀 보였다.

비에 비친 셔츠를 보여주기 위해…… 가 아니라 정장 앞가슴 쪽에 달린 배지를 보여주기 위해서였다. 배지는 금빛의 해바라기를 닮은 모양으로, 그 중심엔 형평의 상징인 저울이 새겨져 있었다.

"아아, 늦었지만 축하해……."

"그건 일 년 전에 말했어야지."

우미노는 불만을 토로하면서도 표정은 만족스러운 듯 빙긋 웃고 있었다. 나는 그 미소에 강렬한 그리움을 느꼈다. 우미노는 요전에 봤던 졸업앨범 때의 모습 그대로라 어쩐지 나만 나이를 먹어버린 것 같은 착각이 들었다. 나는 우미노에게서 시선을 돌려 비 오는 모습을 보며 말했다.

"으음, 우미노는 왜 여기 있어? 아니, 배지 달고 있으니까 일하는 중?"

"정답. 근처에 볼일이 좀 있어서 말이지."

우미노는 그렇게 말하며 거대한 맨션 쪽을 돌아보았다. 아야노의 보험증에 적힌 맨션이다. 굉장한 우연도 다 있다. 물론 큰 맨션이니 여러 사람들이 살고 있겠지. 그중에는 분명 아야노와 같은 문제를 안은 사람도 있을 것이다.

"일요일도 일이라니 변호사도 힘들겠네."

"힘들긴 하지만 내 적성에 잘 맞아. 보람 있는 일이다."

우미노는 시원스러울 정도로 딱 잘라 말했다.

애초부터 부탁받지도 않았는데 나서는 트러블 슈터로, 중재자나 정리역 같은 구석이 있던 그녀다. 확실히 변호사는 천직일지도 모른다. 현실 속에서 있어야 할 곳과 해야 할 일을 갖고, 이야기를 좋아하지 않는 우미노다운 생활 방식이다.

"……"

"……."

나와 우미노는 빗소리를 들으며 잠시 말없이 서 있었다.

우미노가 입을 열었다.

"하루후미 넌 무슨 일이지? 지금도 이 근처에 사는 건가?"

"그래, 근처야. 역에서 나와서 마침 돌아가는 길이었어."

"휴일의 산책이구나. 그거라면 아주 혹독한 비를 만났군. 재난이겠어. 아니, 그래도 그 덕에 오랜만에 만났으니 나에겐 행운의 비인가."

우미노는 부끄러운 기색도 없이 그런 말을 했다. 어쩐지 등줄기가 가려워지는 기분이었다.

"넌 또 그렇게 오글거리는 말을……."

"그런가? 내가 느끼는 걸 솔직하게 말한 것뿐인데."

그렇게 얼마간 대화를 주고받는 사이 구름 사이로 햇빛이 비쳐 들었다. 비의 기세가 점차 약해지며 줄고 있었다. 나는 처마 밖으로 손을 내밀었다. 이만하면 뛰어갈 수 있겠다.

그런 생각을 하다가 곧바로 생각을 정정했다.

우미노 쪽을 바라본다. 우미노 쪽이라고 할지, 그녀의 모습을 보았다.

"음, 우미노, 뭔가 입을 옷 같은 거 필요해?"

"응? 아아, 그러고 보니 조금 민망한 꼴이었나."

우미노는 새삼 자신의 몰골을 내려다보며 말했다. 갑작스러운 비였으니 어쩔 수 없다. 다만 이 모습 그대로의 우미노를 놔두고 가면 꿈자리가 사나울 것 같았다.

"집 바로 근처니까 운동복 같은 거라도 괜찮으면 가져올게."

"아니, 그럴 필요는 없어. 조금만 걸어가면 차가 있거든. 후후."

우미노는 뭐가 웃긴 건지 눈을 가늘게 뜨며 웃었다.

나는 "왜?"라고 물었다.

"하루후미 군은 여전히 가끔씩 신사가 되는구나."

"그건 그거냐? 본바탕은 신사가 아니라고 말하고 싶은 건가?"

내가 서글픔을 담은 게슴츠레한 시선을 보내자 우미노가 쓴웃음을 지었다.

"그렇게 비굴해질 필요 없어. 난 오히려 평소엔 스스럼없이 지내는 편이 더 좋다고 생각해. 늘 신사로 있으면 이쪽도 부담스러워지니까."

"그래? 그럼 뭐. 가깝다면 상관없지만 꽤 눈에 띄니까 조심해서 돌아가."

"그래, 신경 써줘서 고맙다. 꼭 그렇게 하마."

빗줄기는 한층 더 약해져서 이제 거의 안개처럼 되어 있었다. "그럼 수고해"라고 말한 나는 가랑비 속을 달리기 시작했다. 하지만 그 직후, 우미노가 "아, 맞다!"라고 소리를 질렀기에 나는 도중에 되돌아보았다. 처마 아래에 서 있는 우미노는 웃고 있는 것 같았지만 가랑비 때문에 뚜렷하게 보이진 않았다. 나는 비로 이마에 달라붙은 앞머리를 털어내며 물었다.

"어? 왜 그래?"

"또 볼 수 있을까? 너한테는 아직 축하를 못 받았으니까."

"아아. 뭐, 좋아. 검토해보는 방향으로."

애매한 대답이었지만 그럼에도 우미노는 만족스러운지 고개를 끄덕이며 손을 흔들었다.

나는 우미노에게 마주 손을 흔들어주고는 1DK의 우리 집으로 달려갔다.

○

『우와, 하루 씨 완전 젖었네! 괜찮아?』

『갈아입을 옷, 준비해 둘 테니…… 샤워하고 오세요…….』

귀가 후 바로 아야노와 시오리에게 그런 소릴 들은 나는 곧바로 뜨거운 물로 샤워를 했다. 비에 젖은 머리를 벅벅 감고 샴푸 거품을 떨구며 한숨을 돌린다. 그때 욕실과 탈의실 사이의 유리문 너머로 누군가가 들어오는 소리가 났다.

"하루 씨, 갈아입을 옷 여기다 놔둘게."

유리문 맞은편의 목소리는 아야노의 것이었다.

"어, 시오리가 아니네?"

"시이는 빨래 개고 있어. 그래서 제가 의복을 가져왔사옵니다."

"이거 참 수고를 끼쳐드렸군요."

나는 샴푸 거품이 눈에 들어가지 않게 한쪽 눈만 뜬 채 감사 인사를 전했다.

그보다 뭐야, 그 어중간한 아가씨 말투는. 나도 그만 분위기에 휩쓸려 받아치긴 했지만. 불투명 유리문 너머로는 아직 아야노가 남아 있었다.

"달리 용건이라도 있으신가요?"

"……하루 씨, 그 말투는 좀 깨지 않아?"

"이렇게 갑자기 분위기를 깨는 게 어디 있어."

대응의 온도 차에 깜짝 놀랐다고. 샤워로 데웠던 몸이 훅 식었다고. 내가 반박하자 아야노는 불투명 유리문 너머로 "농담이야, 농담" 하고 웃으며 말을 이었다.

"앗, 그래서 말이야. 하루 씨의 팬티를 보다가 생각난 건데."

"화제 전환 방식이 잔인하네……."

남의 속옷을 보며 생각한 걸 보통 그렇게 담담하게 화제로 꺼내나. 내 당황스러움 같은 건 조금도 배려하지 않은 아야노는 담담하게 묘한 화제를 계속 이어갔다.

"나나 시이의 속옷은 침실 쪽에 널어놓잖아?"

"아아, 그렇지."

아야노나 시오리의 속옷류는 내가 가급적 들어가지 않는 침실 쪽인 실내에 널고 있다. 남자 속옷처럼 밖에 너는 것은 좋지 않을 것 같아서였다. 커튼레일에 작은 세탁용 걸이를 걸어두고 사용하고 있었다.

나는 샴푸 거품을 헹구고 마개를 가볍게 닫으면서 말했다.

"그게 왜?"

"아니, 그런 거 보면 좀 야한 기분이 들지 않나 해서?"

"──푸흡!"

대체 무슨 화제를 들먹이는 거야. 그보다, 야한 기분이 든다고 하면 어쩔 셈인 거지, 이 녀석. 무슨 의도로 그런 걸 물어보는 거냐.

"그보다 내 팬티를 보고 왜 그런 화제가 나오는 건데. 내 팬티를 보면 넌 야한 기분이 드냐? 안 들지?"

"그래도 왜, 남자 속옷이랑은 뭔가 다르잖아?"

"아니, 뭐, 말하고자 하는 바는 알겠는데."

남자 속옷과 여자 속옷의 감각이 다르다는 건 인정하는 바다. 한 가지 떠오르는 요인으로는 신체 구조의 차이다.

남녀 차이가 두드러지는 부분이니 속옷 기능에 요구되는 우선권도 다른 게 아닐까. 그렇다고 해도 여성 속옷 쪽이 자수가 공들여 들어가 있거나 색깔도 다양하고, 고급스러움은 더 있는 것 같았다. 어디까지나 개인의 감상으로 애초에 여자 속옷을 그렇게 빤히 보지도 않지만.

"그렇다고 해도 그 자체로 보면 천이니까. 천 자체에 욕정은 안 들지 않나?"

"으음, 그래도 말이지~."

"그보다 아야노 씨. 왜 그러는 거야? 뭔데, 이 이야기?"

내가 묻자 욕실과 탈의실을 사이에 둔 문이 덜컹, 흔들렸다.

아무래도 아야노가 유리문 쪽에 등을 기대고 탈의실에 주저앉은 것 같았다. 불투명한 유리문 너머로 보니 아야노는 허공에 팔을 뻗은 채 알 수 없는 주장을 이어가고 있었다.

"아니, 후학을 위해서랄까. 어른의 매력? 같은 연구를 위해서지."

"어른의 매력과 팬티에 무슨 상관관계가 있는데."

"왜, 섹시한 속옷은 어른스럽지 않아?"

"그 발상이 어린애 같은 느낌인데."

우리 어머니가 '어려 보인다'고 말한 걸 신경 쓰는 걸까. 하지만 여고생이 여고생처럼 보이는 건 당연한 이야기다. 애초에 속옷은 겉으로 드러나는 부분이 아니니 속옷이 어른스러워진다 한들 인상에 미치는 영향은 미미할 것이다.

"하지만 시이의 속옷 차림 같은 거 상상해본 적 없어?"

"속옷 차림이랑 속옷 자체는 얘기가 다르잖아. 그보다 지금 무슨 말을 진지하게 하고 있는 거야."

"으음, 어른의 계단을 오르는 방법?"

"그렇게 고상한 느낌의 대화는 아니잖아. 좀 더 통속적으로 『팬티 담론』이라고 불러라."

"명칭 같은 건 상관없는데, 이를테면 시이의 속옷을 보고 『호오, 시오리는 의외로 대담한 속옷이네. 야하구나』라는 생각 정말로 안 해? 상상 같은 거 안 해?"

"일단 되도 않는 내 성대모사 그만해."

나는 아야노의 미묘한 레벨의 성대모사를 지적하며 팔짱을 끼고 생각했다.

속옷을 보고 그런 기분이 들지 않는가.

엄밀하게 말하자면 다소는 그렇다.

공동생활의 일부라고 해도 그런 기분이 드는 경우는 당연히 있다.

평상시엔 침실에 들어가지 않도록 하고 있고, 들어가도 가능한 한 보지 않으려 하지만, 책장에 다 읽은 책을 꽂아놓을 때 시야에 들어오기도 한다. 『야하구나』하고 노골적으로 생각하진 않지만,

옅은 색상의 속옷을 시오리가 입었다고 생각했을 때 아무런 욕망이 생기지 않을 만큼 성인군자인 인간이 있을까.

아니, 이건 어쩌면 우미노가 말했던 '가끔씩만 신사가 되기 때문'인 걸까.

세상 남성들은 더욱 강인한 신사적 정신을 획득해서 여성의 속옷을 봐도 일절 동요하지 않는 견고한 신사적 태도를 갖고 있는 걸까.

내 정신 수양이 모자란 것뿐인가?

뭐, 비록 내 정신이 아직 성장 단계에 있다고 해도 당연히 '욕정을 느낀다'라는 걸 본인에게 전하지는 않고, 어른으로서의 절도 있는 태도는 지니고 있다. 그걸 전제로 아야노의 물음에 답한다고 한다면——.

"전혀 안 한다고 단언할 수는 없겠지."

"아, 저기, 그…… 저기……."

"어랏?! 시오리 씨?!"

"아…… 지, 지금이요! 지금, 왔어요!"

"야, 야, 아야노!"

"앗, 아야노 양이라면, 저기…… 웃는 얼굴로 나가셨어요……."

악질적인 화제만 떨궈놓고 도망갔네, 그 녀석.

이 공기 어쩔 거야.

"……."

"……."

유리문 한 장을 사이에 두고, 나와 시오리 사이에 긴장된 침묵

만이 흐르고 있었다. 뭐라도 말해야 어색하지 않을 텐데 그 첫마디를 고르지 못하는 느낌. 게다가 문을 사이에 둔 나는 알몸이다. 무슨 변명을 해도 설득력이 전혀 없다.

유리문 너머의 시오리가, "저, 저기, 하루후미 씨……"라고 조심스레 말을 걸어온다.

"아, 네."

"저기, 저…… 마, 말리는 방법 같은 거, 조심할게요……?"

"앗, 저기, 잘 부탁드립니다?"

"그, 그럼…… 저기, 저는 나갈, 테니까…….."

시오리는 더듬더듬 그렇게 말하고는 스스슥 탈의실에서 빠져나갔다. 하지만 도중에 걸려 넘어지는 바람에 "히엑" 하는 비명을 질렀다. 욕실에 남은 것은 약해진 샤워 소리와 절묘하게 어색해진 나뿐이었다. 어이, 아야노, 이 공기 어쩔 거야.

○

샤워를 마친 나는 목욕 수건을 목에 걸치고 탈의실을 나왔다. 그대로 소파 위에서 쉬고 있는 아야노 옆에 걸터앉았다. 아야노는 아무것도 모른다는 얼굴로 휘파람을 불고 있지만 눈동자가 이리저리 굴러다니고 있다. 시오리는 아무래도 침실에 있는 것 같다. 컴퓨터로 조사라도 하고 있는지 타자 소리가 들려오고 있었다.

나는 시치미를 떼고 있는 아야노의 옆구리를 팔꿈치로 쿡쿡 찌르며 작은 목소리로 항의했다.

"야, 임마. 여고생. 은근슬쩍 도망치기나 하고."

"그건 그거야, 사고였어. 그 왜, 불행한 사고?"

"근데 진짜 그 질문은 뭐였는데?"

"아하하하……."

"뭘 웃고 있냐."

아야노는 어설픈 휘파람을 "휘이~" 불며 얼버무렸다.

나는 항의하는 눈빛으로 아야노의 튀어나온 입을 바라보았지만, 불시에 어젯밤 키스가 떠올라 괜히 심란한 기분이 들고 말았다. 목에 걸어둔 목욕 수건으로 자신의 머리를 벅벅 밀면서 얼버무렸다. 하필 마주한 두 사람 다 무언가를 얼버무리고 있으니 이야기가 진행되질 않는다.

"앗, 하루 씨, 하루 씨!"

하고 아야노가 서투른 휘파람을 멈추고는 퍽퍽 어깨를 두드리기 시작했다. 왜 그러는데.

"이제 팬티 얘기는 안 할 거야."

"하루 씨, 팬티에 너무 집착하는 거 아니야?"

"네가 던진 화제잖아."

내가 어이없다는 얼굴로 목욕 수건을 목에 건 채 돌아보니, 아야노는 뭔가 묻고 싶다는 얼굴을 하고 있다.

"일단 듣기는 할게. 다음엔 또 무슨 얘기야?"

"에헤헤, 약속 기억해?"

"약속이라니?"

"정말~! 말했잖아. 추가 시험 잘 보면 아르바이트 해도 된다고."

거기까지 듣고 생각났다. 애초에 추가 시험 공부를 시작하게 된 계기가 나카노에서 아르바이트를 해보고 싶다고 아야노가 말했기 때문이었다.

"아아, 그래. 말했었지."

"추가 시험에도 합격했으니까 아르바이트 해도 돼?"

아야노가 "응? 응?"하면서 내 어깨를 잡고 흔들어댔다.

하고 싶은 게 있다면 응원하겠다는 마음에는 변함이 없었다. 게다가 한번 추가 시험을 사이에 뒀음에도 하고 싶다는 마음이 흐려지지 않았다는 건 가볍게 생각한 게 아니라는 뜻이겠지. 무엇보다 그녀의 자유의사를 내가 제한할 이유는 없었다.

"그래서 뭘 하려고?"

"나카노에서 본 곳인데."

내가 묻자 아야노는 스마트폰 화면을 켰다. 아무래도 구인 사이트를 열고 있는 것 같았다. 들여다보니 나카노 브로드웨이에서 가까운 카페의 구인 안내가 떠 있었다. 이 가게라면 앞을 몇 번인가 지나친 적이 있었다. 아늑한 분위기의 카페였다.

"흐음, 해보고 싶은 거면 해보지 그래?"

"정말?! 신난다~!"

"그렇다고 다음 기말고사가 또 낙제점 파티라면 안 되겠지만."

나는 가볍게 못을 박아두었지만 아야노에겐 닿지 않았다. 하지만 아야노가 저렇게 기뻐하는 모습을 보니 이 이상 찬물을 끼얹기도 미안했다. 게다가 아야노는 눈치가 빠르니 접객업에서 일하는 것에 대한 걱정도 별로 들지 않았다.

"바로 지원해야지~, 온라인으로 하면 되는 건가~? 하루 씨는 어떻게 했어?"

"학창 시절에 알바 했을 땐 지인 소개로 했었어."

"음, 참고가 안 되네."

아야노는 그렇게 말하면서도 기쁜 얼굴로 스마트폰의 입력란을 확인하고 있었다. 그 모습을 보며 나는 나의 고등학교 시절을 떠올렸다. 내가 다니던 고향의 시립 고등학교에서는 아르바이트나 이륜 면허 취득이 교칙으로 금지되어 있었다. 둘 다 몰래 하는 녀석들은 있었고 교사진들도 엄격하게 단속할 마음은 없어 보였지만.

"아야노의 고등학교는 알바해도 괜찮은 거야?"

"앗, 응, 괜찮을걸?"

"대답이 수상한데. 학생수첩에 교칙 같은 거 안 적혀 있어? 지원하기 전에 확인하고 해. 지원하는 곳에 폐를 끼치면 안 좋으니까."

"네에~. 그럼 잠깐 보고 올게."

그렇게 말하고 아야노는 소파에서 일어나 책가방이 있는 침실로 향했다.

"……어디."

나는 요즘 꽂힌 해외 드라마라도 볼까 하고 TV 리모컨을 들어 전원을 눌렀다. 인터넷에 연결되어 있는 플레이스테이션 4를 실행해 동영상 사이트를 열었다. 이 플스4를 사고 난 뒤로는 동영상 사이트 계열은 전부 TV로만 연결해서 보고 있었다.

"시이, 뭐 알아보는 거야?"

옆방에서 아야노의 목소리가 들려왔다.

조사에 집중하고 있던 시오리는 "앗!"하고 드물게 큰 소리를 냈다. 나는 플스4의 조작을 멈췄다. 시오리는 그렇게 당황하면서 뭘 조사하고 있던 걸까. 임대로 나온 매물을 찾고 있던 게 아니었나?

나는 신경이 쓰여서 남몰래 귀를 쫑긋 세웠다.

"이, 이건, 저기…… 아니에요!"

"으음? 뭐야, 뭐야. 『남친에게 효과 짱! 귀여운 속옷 특집』이라니…… 시이?"

"쉿, 쉬잇~!"

"뭐야~, 시이도 엉큼하긴~."

"아니에요, 아, 아야노 양!"

이건 들으면 안 되는 대화였던 것 같다.

나는 TV의 볼륨을 높이고 아무것도 못 들은 척 해외 드라마를 보기 시작했다. 참고로 나중에 들으니 아야노의 고등학교에선 특별히 아르바이트를 금지하지 않는다고 했다.

○

저녁 식사를 하고 교대로 목욕을 마친 후의 일. 아야노는 지원 사이트에서 아르바이트 신청을 끝내고는 면접일이 정해지지도 않았는데 벌써부터 두근거리고 있었다.

"아르바이트 면접에서는 뭘 물어보지?"

잠옷 차림의 아야노가 소파 위에서 몸을 웅크린 채 그 옆에 앉은 시오리에게 물었다.

참고로 나는 지금, 소파를 자발적으로 두 사람에게 양보하고 침낭에 들어가 바닥을 뒹굴며 계속 해외 드라마를 보고 있었다. 휴일을 마무리하는 방법으로는 딱 알맞았다.

내가 TV 화면에서 악역 같은 주인공을 보고 있는 사이, 뒤쪽에서 시오리와 아야노는 아르바이트 면접에 대한 이야기를 이어가고 있었다.

"저도 경험은 없지만…… 친구에게 들은 건 있어요."

"친구라면 대학의 네코라는 사람?"

"앗, 맞아요. 지원동기라든가, 희망하는 시프트$(일본의 아르바이트 근무제도. 한 달, 몇 주 단위로 미리 자신의 조건에 맞는 스케줄을 넣어 제출한다.)라든가……."

"아, 그렇구나. 많이 넣는 편이 좋으려나?"

"하지만…… 학업도 있으니까 무리는 하지 마세요."

"으으, 긴장되기 시작했어. 흐아암……."

아야노가 하품을 했다. 스마트폰을 보니 이미 그럴 만한 시간이었다.

아야노는 졸린 듯이 눈을 비비더니 소파에서 일어났다.

"그럼 난 먼저 잘게~. 여기 문 열어놔 줘~."

"그래, 잘 자라."

"안녕히 주무세요……."

아야노가 침실로 들어가자 거실은 조용해졌다. 시오리는 커버에 덮인 문고본을 읽고 있는지 가끔 책장을 넘기는 소리가 들려왔다.

조용하지만 시오리와 둘이 있는 경우는 특히나 어색한 느낌이 없었다.

서로의 침묵이 힘겹지 않았고, 무엇보다 상대도 그런 타입이라는 걸 알고 있기에 더 그랬다. 잠시 아늑한 침묵을 즐기는 사이 무심코 졸았나 보다.

"……저, 저기."

시오리가 말을 걸어와, 그제야 TV의 전원이 꺼졌다는 걸 깨달았다. 아무래도 도중에 잠들어서 시오리가 꺼준 것 같았다. 시오리는 바닥에 누워 있는 내 앞에 무릎을 꿇고 앉았다.

"죄송해요, 소파를 차지해 버려서……."

"아아, 아니야, 괜찮아. 고마워."

나는 몸을 일으켜 감사 인사를 전했다. 그대로 잤더니 온몸이 상당히 찌뿌둥했다. 시오리는 "그럼 안녕히 주무세요"라고 말하고 일어서려 했다.

그때, 잠에 취한 내 뇌에 "제대로 처신하고 살아"라는 어머니의 말이 되살아났고, "아, 맞다" 하고 연쇄적으로 생각이 떠올랐다──시오리에게 확인해야 할 것이 있다는 것을.

순간적으로 시오리의 손목을 잡자 시오리는 "히엑" 하며 깜짝 놀란 모습으로 이쪽을 돌아본다.

"하, 하루후미 씨……?"

"어, 아아─, 부모님한테 연락해 두라더라. 우리 어머니가."

"앗…… 제 어머니요?"

"한동안 여기 더 있을 거면 소식은 넣어 둬야지."

내가 그렇게 말하자 시오리는 일어나려던 자세 그대로 멈춰버렸다. 고개를 숙이고 있다. 나는 "시오리?"하고 이름을 부르려다 도중에 말을 삼켰다. 긴 검은 머리칼 사이로 그녀의 귀가 빨갛게 익어 있었다. 나는 잡은 손목을 놓았다.

그러자 시오리가 조심스럽게 자세를 고쳐 다시 앉았다.

가슴 앞에 손을 얹고 몇 번 천천히 호흡을 한다. 호흡의 움직임에 맞춰 그녀의 가슴이 오르내렸다. "하아……" 하고 내뱉어지는 숨결에 지나치게 심장이 요동쳤다. 시오리는 숙이고 있던 얼굴을 들고 아직 약간 붉은 기가 도는 얼굴로 말했다.

"있어도 괜찮나요?"

"그래, 저번에 말한 대로. 있고 싶은 만큼 있어도 돼."

"저기…… 하루후미 씨는…… 제가 있는 것과 없는 것……──요?"

기어 들어가는 듯한 목소리로, 마지막에는 완전히 사라져 버려서 들리지 않았다.

다만 시오리는 새빨개진 얼굴로 물끄러미 나를 보고 있다.

긴장한 탓인지 입술이 가늘게 떨리고 있다.

말끝이 끊겨도, 얼굴이 새빨개져도, 그럼에도 무언가 분명한 의사를 그 눈으로 호소하고 있었다.

그 강인함은 내가 알고 있던 『여동생처럼 여겼던 그녀』에겐 없는 것이었다. 나는 그 강인함에 놀랐고, 동시에 똑바로 마주해 오는 그녀의 눈동자에 잠시 넋을 잃어 한동안 빤히 바라보고 말

앗다. 그렇게 바라보자 시오리의 눈이 부끄러운 것인지 이리저리 굴러다니기 시작했다. 앗, 얼굴 숙였다.

"아, 저기…… 안녕히 주무세요!"

내가 타이밍을 놓쳐 대답을 못 한 사이 시오리는 침실로 도망쳐 버렸다.

나는 시오리의 손목을 잡았던 내 오른쪽 손을 바라보았다.

어쩐지 갑자기 새삼스레 손에 땀이 나고 심박수가 오르기 시작했다.

그보다, 방금 그 질문은 뭐였던 거지.

뭘 물어본 걸까.

소파에 누웠지만 나는 괴로움에 몸부림치느라 잠을 이룰 수가 없었다.

욕실에서의 대화 후의 행동이나, 조금 전의 언동이나, 이건 더 이상 자의식과잉 수준으로는 끝나지 않는 게 아닐까.

그렇다면 어젯밤의 그 키스는 시오리의 것이었을까.

나는 직전에 본 시오리의 새빨간 얼굴과 떨렸던 입술을 생각해 냈다. 그리고 어젯밤의 부드러운 감촉을, 한숨의 뜨거움을, 닿았던 서늘한 손바닥을.

그것들이 모두 시오리였던 것처럼 떠올랐다.

조심스럽게 말하며, 부끄러운 듯 고개를 숙이는 그녀.

강요하지 않는 상냥함을 가진 그녀의 미소가 눈꺼풀에 어른거렸다.

그때, 앞에서 꼭 껴안았을 때의 부드럽고 따스한 감촉이, 긴 머리카락의 간질거리듯 은은하고도 달콤한 향기가, 사고의 안쪽이 저리는 듯한 충격이 갑자기 생생하게 떠올랐다.

"큭——."

나는 소파에 앉아 몸부림치다가 결국 도쿄돔을 가득 메울 정도의 양 떼를 세고 나서야 간신히 잠자리에 들 수 있었다.

# 제3화 ○ 모든 것이 일상이 된다

꿈을 꾸고 있을 때, 자신이 꿈을 꾸고 있다는 걸 알게 되는 순간이 있다.

이른바 『자각몽』이라는 것이다.

나는 어두컴컴한 거실 소파에 누워 있다. 침낭은 소파 저 먼 곳에서 바닥을 뒹굴고 있고, 그 주변으로 내 윗옷과 바지가 아무렇게나 던져져 있었다.

방에는 불이 꺼진 채였다.

레이스 커튼 사이로 비치는 희미한 달빛만이 방안의 사물들을 은은히 비추고 있다. 방은 고요했고 냉장고가 내는 희미한 소리만이 어렴풋이 들리는 정도였다.

『——씨.』

귓가에 속삭이는 소리가 적막을 깨뜨렸다.

나는 내 몸 위에 뭔가가 올라가 있다는 걸 깨달았다. 깨달은 순간 묵직한 무게감이 자신의 하복부 근처——배꼽 아래 언저리에서 느껴졌다. 하지만 답답함은 없는, 묘하게 기분 좋은 관능적인 중량감에 심장이 쿵쾅쿵쾅 뛰었다.

부드러운 것이 허리 위에 있다. 아니, 앉아 있다.

『——하루후미 씨.』

시선을 들어보니 시오리가 내 허리 위에 앉아 있었다.

그리고 그녀의 희고 풍만한 신체를 가리는 것은 한 장의 팬티뿐이었다.

가슴 위의 굴곡진 두 언덕을 수줍게 양팔로 가리고, 검고 요염한 머리카락은 몸 위로 물결치듯 흘러내렸다. 머리카락 한 올 한 올이 달빛에 비쳐 반짝거렸다.

시오리는 양 허벅지로 내 허리를 꽉 조인 채, 누워 있는 내 위에 조심스레 걸터앉아 있었다. 그 눈은 달빛을 받아 일렁였고, 부끄러운 듯 내리깔면서도 뜨겁게 나를 응시하고 있다.

그녀를 본 순간 가슴 한가운데로 뜨거운 물이 쏟아져 들어오듯이 피가 강렬히 솟구치는 것을 느꼈다. 그 뜨거운 물결은 금세 가슴에서 시작해 팔다리를 돌며 온몸을 달궜다. 내 허리께에서 단단해지는 무언가를 느꼈다. 이것은 완전히 자의와는 무관한 반응이었다. 시오리가 가볍게 몸을 흔든 순간 난 나도 모르게 신음 소리를 흘릴 뻔했다. 차갑고 부드러운, 그녀의 허벅지 사이에 끼어 있는 감촉.

『하루후미 씨.』

확실하게 이름이 불린 탓에 나는 그녀를 다시 쳐다보았다. 그 몸은 누군가가 밟기 전의 티 없는 눈처럼 희고 매끄러워서, 그녀의 달콤한 향기가 현실 이상으로 강하게 느껴졌다.

『이런 건…… 싫어, 하시나요……?』

시오리는 자신이 없는 듯 작게 중얼거리더니 가볍게 허리를 띄웠다.

가느다란 허리와, 얇고 섬세한 자수가 들어간 팬티가 시야에 들어왔다.

시오리는 가슴을 가린 팔 한쪽을 팬티 쪽으로 옮기더니, 수줍은 듯 고개를 돌리면서 자신의 속옷을 강조하듯 손바닥을 펼쳐 가져다 댔다.

짙은 남빛의 자수 박힌 팬티가 새하얀 그녀의 피부에 미색을 더해주고 있었다. 어둑한 방안에서 그녀의 몸과 속옷이 또렷하게 드러났다.

내 눈은 그녀의 모든 행동 하나하나에 못 박히듯 고정됐다.

심장이 쿵쾅거리며 뜨거운 피를 계속 보내고 있었다. 허리 부근의 단단함이 더욱 기세를 더해 속옷 안이 답답할 정도였다. 허리 위의 시오리가 얼굴을 붉히며 입술을 떨었다.

『하루후미 씨는…… 제가 있는 것과 없는 것——어느 쪽이 좋으신가요?』

시오리가 쿵, 하고 내 허리를 짓눌러온다. 그녀의 무게감이 단단해진 것 위에 올라타자, 그 무게가 그녀의 전신을 느끼게 했다. 서늘한 살갗의 온도에 고동이 빨라졌다.

그녀가 허리 위에서 몸을 떨며 "으응" 하고 작게 숨을 흘렸다.

『키스, 다음은…….』

시오리가 팬티에 손가락을 걸고, 그것을 아래로 끌어내렸다. 그녀가 몸을 앞으로 굽히자 부드러운 계곡이 가까워지며 달콤한 향기가 훅 비강을 뚫고 들어와 뇌를 뒤흔들었다. 이성이 마비될 것 같은 상황에 나는 그녀의 어깨를 잡고 몸을 일으키려 했고.

"——읏!"

내가 몸을 일으키자 그곳에 시오리는 없었다. 허공에 팔을 뻗은 성인 남성이 어슴푸레한 새벽의 빛이 들어오는 거실에서 잠에 취해 홀로 연극을 하고 있었다.

아야노도 시오리도 아직 일어나지 않은 시간.

나는 심장이 거세게 뛰는 소리를 들으며 죄책감과 한심함에 대차게 머리를 쥐어뜯었다.

혹시나 하는 과한 의심에 순간적으로 자신의 팬티를 확인했다. 거기까진 이르지 않았다는 사실에 안도의 한숨을 내쉬면서도, 그런 것에 안도하고 있는 자신에게 극심한 혐오감이 들어 죽고 싶은 기분이 들었다.

반쯤 죽어 있는 사회적 좀비지만 나머지 반도 죽는 게 낫겠다.

"뭐 하는 거야, 나는……."

맡고 있는 연하의 대학생에게 욕정하다니, 신사로서 수치스러운 행동이다. 확실히 어제는 알 수 없이 그런 화제가 많았기에 상상할 만한 재료가 갖춰져 있긴 했다.

그렇다고는 해도 얼토당토않은 죄를 저지르고 말았다.

저질렀다고 할지, 봐 버렸다고 할지. 프로이트 선생에게 상담한다면 하나같이 성적 메타포 과잉으로 『사춘기』라고 낙인찍히는 건 아닐까.

아니, 사춘기는 별로 죄가 아니려나.

아니아니, 근데 이 나이에 사춘기인 건 윤리적으로 문제가 있다. 큰 문제다.

스물여섯이나 먹고 사춘기를 끝내지 못하고 있다니.

물론 생각의 자유는 헌법상 보장된 권리이고 행동으로 옮기지 않는 한 남성을 책망할 이유는 없지만, 양심의 가책은 받을 수밖에 없었다.

"안 돼, 이건 진짜로 위험해."

적어도 자신에겐 반성과 성욕 발산이 급선무라고 생각했다. 그래서 두 사람이 일어나기 전에 나는 조용히 운동에 집중하기로 했다.

○

"하루 씨, 왜 아침부터 지친 얼굴이야?"

소파에서 축 늘어져 있는 나를 본 아야노가 실로 정직한 의문을 표했다. 과한 운동으로 녹초가 된 나는 거짓말을 섞어 아야노에게 대답했다.

"나이가 들면 달리기의 피로가 다음 날로 넘어가."

무슨 일이 있어도 꿈의 내용은 입에 담지 않을 거다.

오늘 꾼 꿈에 대해서는 확실하게 무덤까지 가져갈 생각이었다.

"스트레칭이 부족했나?"

아야노가 진심으로 걱정해주는 것이 지금의 나에겐 오히려 괴로웠다. 미안, 사실은 더 하찮은 이유야. 야한 꿈을 꾼 속죄로 스스로를 몰아붙인 것에 불과했다.

"좋은, 아침이에요……."

아야노에 이어 시오리도 침실에서 일어난 것 같았다.

"앗, 시이, 좋은 아침~."

"조, 좋은 아침."

나는 기억의 하드디스크에 새겨진 이미지를 억지로 때려눕히고 애써 평온하게 아침 인사를 돌려주었다. 덕분에 시오리는 눈치채지 못하고…… 고개를 약간 갸우뚱하는 정도로 넘어갈 수 있었다.

세 사람 다 평소와 같은 아침의 루틴으로 넘어갔다.

시오리가 세면대에서 세수를 하거나 아야노가 교복으로 갈아입는 동안 집에서 나가는 시간이 제일 늦는 내가 3인분의 식빵을 토스터에 넣고 아침 식사를 준비했다. 아야노가 제일 먼저 먹고 그대로 학교로 향했다.

"잘 먹었습니다! 그럼 다녀올게요~!"

"그래, 잘 다녀와."

아야노가 기운차게 나가는 걸 배웅한다. 그리고 아야노의 등교 후 15분, 시오리도 준비를 마치고 현관으로. 나는 양복 넥타이를 매면서 시오리를 배웅하러 현관에 섰다. 시오리는 신발을 신다가, "앗" 하고 돌아보며 말한다.

"저기, 하루후미 씨…… 어머니껜 연락을 넣어둘게요."

"어제 얘기 말이지. 응, 알았어. 그럼 부탁할게."

"네. 아, 그리고, 저기…….

"왜, 왜 그래?"

"제가, 어젯밤에 이상한 말을…… 아, 저기, 잊어주세요…….

시오리가 말하는 도중, 나는 꿈속에서 들었던 『제가 있는 것과 없는 것——어느 쪽이 좋으신가요?』를 떠올렸다. 그건 아마 어젯밤 내가 대답하지 못한 말이었다. 꿈속에서의 일이지만 아마 이게 맞을 거다.

나는 자세를 고쳐 잡고 쓴웃음을 지으며 그녀에게 대답을 들려주었다.

"지금은 아야노의 일도 있고, 시오리가 있어서 큰 도움이 돼. 어른으로서 한심한 이야기지만."

내가 그렇게 말하자 시오리는 놀란 듯 눈을 동그랗게 떴다.

그리고 기쁜 듯 볼을 붉히며 작은 목소리로 "네……" 하고 고개를 끄덕였다.

"아, 그럼 저기…… 다녀오겠습니다."

시오리는 조심스럽게 손을 흔들며 집을 떠났다.

나는 현관문에서 몸을 반쯤 내밀고 어른의 여유를 뒤집어쓴 채 그녀를 배웅했다. 그 후, 쓰고 있던 평정의 가면을 내던지고 그 자리에 주저앉았다.

내가 보기에도 한심한 모습이지만, 그런 꿈을 봤음에도 잘 대처했다고 칭찬해줬으면 좋겠다.

"하아, 살짝 위험했어……."

이상한 꿈을 꾼 탓도 있고 키스 탓도 있지만, 이런 정신 상태에서 평정을 가장하는 데는 상당한 담력이 필요했다. 정말이지 안쓰러울 지경이다.

"사춘기가 아니니까 정신 좀 차려라……."

스스로에게 그렇게 타이르고, 한 대씩 좌우의 뺨을 때리고 나서야 나는 출근 준비로 복귀했다.

○

　내가 하는 일의 장점은 다른 걸 생각할 겨를이 없을 정도로 바쁘다는 점이다. 평소엔 전혀 장점이 아니지만. 좀 더 차분하게 일하고 싶다고 항상 생각한다.

　하지만 지금만은 이 분주함이 감사했다.

　성욕에 기인한 감정의 혼란은 대체로 일과성이다. 시간이 지나면 냉정해질 수 있다. '분노의 절정은 6~7초 만에 지나간다'라고 하지만 모든 감정은 비슷하다. 영원한 사랑이 존재하지 않듯 모든 감정에는 유효기간이 있다.

　하나의 감정을 유지하는 데는 노력이 필요하다.

　이는 반대로도 이용할 수 있어서, 계속 의식하지 않으면 성가신 감정은 시간에 흘러가 버린다.

　나는 일에 몰두함으로써 음몽에 흐트러진 머리를 리셋하기로 했다. 그 결과 일이 미친 듯이 진행되며 마리아가 의아하다는 얼굴을 할 정도였다.

　점심시간, 나는 일의 진척에 만족하며 의자 위에서 꼿꼿하게 등을 폈다.

　"타니가와 씨, 오늘은 유난히 집중하시네요."

　옆자리의 마리아가 나의 과한 몰두에 대해 언급했다. 나는『업무량』이라는 자갈로 걸러낸 맑은 마음으로 받아쳤다.

"부지런함은 근로자의 이상적인 태도니까요."

"확실히 자본가에게 있어서는 꿈만 같은 일이겠네요."

"성실하게 일하는 동료한테 너무 신랄한 것 같지 않나요, 야마데라 씨……."

나는 냉정한 마리아의 태도에 푸념을 중얼거렸다. 마리아는 무표정한 얼굴로 손수 만든 도시락을 먹으며 "그런가요?"라고 퉁명스레 말한다.

"타니가와 씨는 불성실하게 해도 일을 다 떠안는 타입이니까 너무 성실하게 일하면 몸이 버티지 못할 거예요. 조금은 타케바야시 씨를 본받는 게 어떠세요? 그 사람은 놀라울 만큼 불성실하지만 오래 살 것 같아 보이거든요."

"타케바야시가 둘이나 있으면 사고 터지는 프로젝트가 두 배가 될걸요."

"그런 걸 신경 쓰는 부분이 성실하다는 거예요."

"그렇게 성실하진 않은데요, 저."

"글쎄요."

그런 대화를 하면서 나도 출근길에 산 식사용 빵을 뜯었다.

야키소바 빵을 먹으면서 문득 생각했다.

냉정한 생각을 들을 수 있다는 점에서 마리아 이상의 상담 상대도 드물었다.

객관적으로 생각해서──『대학생이나 고등학생 나이대의 여성이 나이 차이가 나는 이성에게 호감을 가진다』라는 케이스가 있는 걸까. 그런 점에 있어 여성이자 냉정함까지 겸비한 마리아에게 물어보는 건 묘수가 아닐까.

나는 야키소바 빵을 먹던 손을 멈추고 옆자리의 마리아를 바라보았다.

마리아는 작은 도시락을 다 먹은 것인지 용기를 보자기에 싸고 있었다. 나는 내 이야기처럼 느껴지지 않도록 적당히 말을 꾸며 이야기를 건넸다.

"저기, 야마데라 씨. 당신이 지금 학생이라고 치고——."

"뭔가요, 그 불쾌한 가정은."

단칼에 잘렸다. 아니, 『학생이라고 치고』라는 말이 그렇게 불쾌한 가정이었을까. 협상의 여지가 전혀 없었다. 나는 "아무것도 아닙니다……"라며 후퇴하려 했지만, 그보다도 먼저 마리아가 다시 말을 이었다.

"그래서, 제가 학생이라고 치고 그다음은 뭐죠?"

"아, 허용 가능한 나이 차가 얼마나 되요?"

"허용이란 뭘 허용하는 범위인가요?"

"연애 대상이라고 할지, 뭐, 이성으로서 의식하는 범위?"

"불쾌한 이야기군요. 성희롱인가요?"

몇십 초 전의 나는 대체 무슨 생각으로 이 녀석에게 화제를 던진 걸까. 뭐가 묘수냐. 아니, 곰곰이 생각해 보면 확실히 불쾌한 화제이긴 했다. 그건 인정한다. 나도 너무 가볍게 물었다. 됐어, 이 화제는 이제 그만할래. 내가 바보였다.

"아니, 잊어주세요. 제가 잠시 이성을 잃었습니다."

"일단 대답은 하겠는데, 위로는 10살 정도, 아래는 5살 정도일까요. 그렇다고 해도 나이라는 건 하나의 기준일 뿐이니 상대에 따라 다르겠지만요."

"앗, 의외로 충분히 알려주네요."

"──그래서, 이 질문의 의도는? 먼저 말해두겠는데 젊은 애한 테 열을 올리고 계신 거라면 차분히 본인의 주변을 다시 돌아보 는 게 좋지 않을까요."

"충고 감사해요. 하긴 그렇겠지……."

"뭐가 『하긴 그렇겠지』라는 거죠?"

"아니, 젊은 애한테 열 올리는 남자는 생리적으로 좀 꺼려지지 않나요?"

"결국 당사자 간의 문제니 남이 왈가왈부할 문제는 아니죠."

라는 전제를 덧붙인 마리아는 이어서 자신의 지론을 말한다.

"나이 많은 남자들이란 대체로 직장이나 학교에서 입장이 위인 경우가 많잖아요. 강요당했을 때 거절하면 여성에게 불이익이 갈 수도 있는 상대입니다. 그런 상대에게 호의를 보이는 건 여성에 게 리스크가 있으니──저는 싫은 것 같아요."

마리아는 술술 내뱉고는 페트병에 든 차로 입을 가져갔다. 옆 에서 듣고 있던 나는 생리적으로 꺼려지는 이유를 어렴풋이 알 수 있었다.

"아아, 어쩐지 납득이 가네. 경험담인가요?"

"……상상에 맡기죠."

"뭡니까, 그 대답까지의 미묘한 침묵은?"

"모르겠네요. 본인의 가슴에 대고 물어보지 그러세요?"

마리아는 그렇게만 말하고 시선을 돌려버렸다.

내가 뭔가 기분 상할 만할 말을 한 걸까. 가슴에 대고 물어보라는 건 생각하면 답이 나오는 문제라는 걸까. 뭐, 다만 마리아는 기본적으로 파고들 여지가 없는 공중 요새 같은 상대였으니 이 정도가 최선이 아닐까 싶었다.

"일단 미묘하게 참고가 됐습니다."

"『미묘』라는 말은 쓸데없네요."

나는 마리아에게 감사 인사를 하고 빵 봉지를 쓰레기통에 넣은 뒤 다시 일로 돌아왔다. 마리아는 얼마간의 시간이 흐르고 나서, "그래서 질문의 의도는?"이라며 불만스럽게 중얼거렸다.

○

집중해서 일에 몰두한 덕분에 거의 정시에 퇴근할 수 있었다. 정시 직후의 주오선은 혼잡했기에 나는 차내의 중간쯤에 서서 흔들리고 있었다.

손잡이를 잡은 채 광고를 보며 마리아에게 물은 내용에 대해 생각했다. 연애 대상으로 볼 수 있는 범위. 힘의 관계가 발생하는 부분에서의 호감의 취급에 대해.

시오리는 나에게 호감을 품고 있는 걸까.

어제 남자 친구가 좋아하는 속옷을 조사하던 것은 이야기의 흐름에서 단순히 흥미를 느꼈던 걸 수도 있고, 애초에 그 조사하고 있었다는 것도 아야노가 말한 것뿐이다. 정말로 조사하고 있었는지 어떤지는 알 수 없다. 이렇게 몇 번이나 스스로를 다그치는 건 내 겁 많은 자존심 때문일까. 호감을 갖고 있는 줄 알았는데 사실은 아니었다는 걸 알게 되면 꼴사납기 때문일까.

『다음은 아사가야, 아사가야』

차내 안내 방송과 함께 전철이 아사가야역으로 미끄러져 들어갔다. 나는 조금은 차분해진 머리로, 하지만 무엇 하나 결론에 이르지 못한 채 개찰구를 빠져나갔다.


"앗, 하루 씨, 어서 와~."

"다녀왔······, 아니, 뭐 하는 거야?"

나는 거실에서 정좌하고 있는 아야노를 보자마자 그렇게 물었다. 아야노는 지금 시오리의 장식용 안경을 쓰고 머리를 땋은 이상한 모습이었다. 그 용모는 『반장』이라는 개념을 엉성하게 조합해놓은 것 같았다.

그것도 옛날 옛적 반장이다.

어디서 많이 본 것 같은 반장 이미지.

시오리는 소파에 앉아 반장 모드인 아야노와 마주하고 있었다. 시선이 마주치니 "이건, 저기······"라며 이 엉뚱한 상황을 설명해주었다.

"아르바이트 면접의······ 예행연습을······."

"맞아, 가게에서 면접 연락이 왔거든."

"호오, 그런 거였군──이 아니지."

나는 갸루 반장으로 변한 아야노의 모습을 향해 "뭐야 이건."이라고 말했다. 아야노는 장식용 안경을 척 들어 올리면서, "엣헴"하고 자랑스럽게 가슴을 폈다.

"봐, 어딘가 성실해 보이지?"

"너 그거지. 안경 낀 녀석을 보면 무조건 『박사』라고 부르는 타입이지?"

"어라? 똑똑해 보이지 않아?"

아야노가 "오잉?"이라는 표정을 지어보였다. 시오리가 "거, 거봐요……"라고 말한다.

아무래도 내가 오기 전에도 비슷한 대화가 오갔던 것 같다. 나는 정장 윗도리를 옷걸이에 걸어두고 주방에서 손을 씻으며 말했다.

"평소대로 하면 되잖아, 평소대로."

"그런가~?"

"애초에 합격하고 나서도 그러고 다닐 건 아니잖아?"

"그래도 일단은 붙어야 하지 않을까?"

"이런 건 어설프게 꾸미지 않는 편이 좋아. 그런 상태로 붙어버리면 최종적으로 양쪽 모두 고생하게 돼. 고용 미스매치라고도 하잖아."

고용 미스매치를 논하기 전에 애초에 아야노의 밝게 염색한 머리로는 꾸민 감이 지나치다. 아니, 어쩌면 꾸며지지도 않는다고도 할 수 있겠다.

나는 일단 거기까지만 말하고 컵에 물을 담아 양치질을 끝냈다.

시오리가 식사를 데우러 와 줬지만 나는 "내가 할 테니까 아야노 좀 상대해 줘"라고 전했다. 시오리는 "그러면……."이라고 말하고는 아야노의 곁으로 돌아가 면접관 역을 해주었다.

나는 시오리가 만들어 둔 요리를 데우면서 뒤에서 주고받는 시오리와 아야노의 면접 연습에 귀를 기울였다.

"그럼…… 지원동기를 알려주세요……."

"네, 네. 지, 지원동기는, 유흥에 쓸 돈이 갖고 싶습니다!"

범행 동기 같은 게 들렸는데 기분 탓일까. 기분 탓이겠지. 내가 고등어 된장조림을 데우는 사이에도 불온한 분위기의 면접은 계속되었다.

"아, 저기…… 그, 저희 가게에 지원한 이유는요?"

"지원한 이유는……저기, 같이 살고 있는 사람이 나카노에 데려다줬어요. 앗, 같이 산다고 해도 이상한 의미가 아니라──앗, 건전한 관계입니다!"

"아야노 양, 거긴 적당히 둘러대는 게……."

"아, 그, 그렇지. 하, 합법입니다!"

말도 안 되게 부적절한 대답이었다.

스스로 『합법』을 주장하는 존재만큼 수상한 것도 없다. 합법 여고생──탈법 마약 수준의 불온함을 내뿜고 있다.

한없이 범죄의 냄새가 난다. 혹은 성인용의 무언가.

"가족이든 친구든 대서 적당히 얼버무리면 되잖아."

그렇게 말하며 나는 데운 고등어와 된장국, 소송채 볶음을 들고 식탁에 앉았다. 손을 모은 뒤 식사를 입으로 옮기는데, 두 사람의 시선이 나에게 쏠리고 있었다.

"하, 하루후미 씨……."

"하, 하루 씨~."

두 사람 다 너무 솔직한 탓인지 적당히 둘러대는 것에 서툰 모양이었다. 덧붙여서 자랑할 만한 이야기는 아니지만 난 그런 종류의 거짓말에는 자신이 있는 편이다. 그건가. 저 애들에 비해 사는 방식이 불성실해서 그런가.

나는 씁쓸한 웃음을 지은 채 두 사람에게 대답했다.

"알았어. 도와줄게. 나중에 도와줄 테니까 우선 밥 좀 먹게 해줘."

○

면접 연습에 동참해서 자주 묻는 질문에 간략한 대답 패턴을 알려주었다. 업무상 계약직 면접에는 나도 참여한 적이 있었다. 그러니 채용 측의 인간이 알고 싶어 하는 것도 조금이지만 알고 있다.

면접 연습 후 시오리가 먼저 욕실로 들어갔다.

아야노는 연습에 신경을 너무 썼는지 소파에 멍한 얼굴로 앉아 있었다.

나는 아야노 옆에 앉아 조금 늦은 식후 커피를 즐겼다.

그러자 멍하니 있던 아야노가 내 무릎 위로 쓰러졌다.

나는 커피를 흘리지 않게 급히 오른손을 들어 올렸다. 그리고 축 늘어진 아야노를 보았다. 무릎 위의 사이비 반장이자 자칭 합법 여고생은 무언가 중얼거리면서도 졸린 얼굴을 하고 있다. 뭐라고 할지, 여고생의 경계심이 이래도 되는 건가 싶었다.

"안경 끼고 자는 건 안 좋아. 테가 뒤틀리니까."

"저기 있지, 하루 씨~. 나 합격할 것 같아?"

아야노는 사람의 무릎 위에 턱을 올려놓고 "나랑 놀아줘"라고 주장하는 고양이 같았다. 나는 커피를 흘리지 않도록 조심하면서 컵을 좌탁 위에 올려두었다.

"뭐, 이런 건 타이밍이 중요하지."

나는 솔직한 의견을 들려주었다.

사실 면접에서 알 수 있는 것들은 뻔했기에 대부분의 합격 여부를 가리는 주된 이유는 타이밍이라고 생각한다. 서류를 통과했다──는 가정하의 이야기지만, 굳이 "내가 뭔가 부족해서 불합격한 건가"라는 식으로 생각할 필요는 없는 것이다. 30분이든 한 시간이든 그 시간 안에 누군가를 파악한다는 것은 교만이다.

내가 생각을 말하니 아야노가 무릎 위에서 꼬물거린다. 아직 신경 쓰이는 것이 있는 것 같다.

"떨어질까 봐 불안해?"

"어쩐지 지금은 붙는 게 더 무서운 것 같아."

"무섭다니 어떤 식으로?"

무릎 위의 아야노는 졸린 것인지 입을 우물거리며 생각에 잠겼다. 나는 아야노의 얼굴에서 장식용 안경을 살짝 벗겼다. 아야노는 "으음" 하고 제대로 말이 되지 못한 소리를 웅얼거렸다.

"그냥 무서워. 모르겠어. 모~르~겠~어~……."

아야노는 그렇게 말하고 다리를 붕붕 흔들며 소파를 걷어찼다.

나는 아야노의 정수리를 바라보았다.

아야노가 말하지 못하는 그녀의 '무섭다'에 대해 생각해 볼까.

일단 떨어지는 게 무섭다는 건 알겠다. 누구라도 그럴 것이다.

면접의 합격 여부는 타이밍에 달렸다고 하지만 불합격한다면 썩 좋은 기분은 아닐 것이다. 그 심리는 쉽게 상상할 수 있다.

그럼 반대로 '붙는 것도 무서워졌다'라고 한 건 어째서인가.

짚이는 건 하나.

나는 내 졸업 시절을 떠올렸다.

입사하기 전의 심경이다.

새로운 생활에 대한 불안감.

변화에 대한 두려움.

일에서 뭔가 부당한 처사를 당하지 않을까, 무서운 선배가 있으면 어쩌나, 일을 잘 못 하면 주변에 폐를 끼치는 게 아닐까──그런, 아직 일어나지 않았지만 쉽게 상상할 수 있는 공포들이 발을 붙잡는다.

그런 거라면 내게도 경험은 있다.

그리고 사실 그러한 일들은 모든 게 전부 일어나지는 않지만 일어날 수 있는 일이기도 하다.

예측하지 못한 문제나 곤란한 상황도 분명 있을 거다. 무언가에 도전할 때, 그런 순간의 공포나 어려움은 항상 따라다니기 마련이다.

편안한 '지금'이라는 루틴을 벗어나려면 다소의 용기나 무모함이 필요하다.

하지만 아야노는 무모한 채로 있을 수 없었던 거다.

그렇다면 그녀에게 필요한 건 발을 내딛기 위한 아주 약간의 용기였다.

"뭐, 괜찮아."

나는 격려하듯이 아야노의 어깨를 토닥여주며 말했다.

아야노가 살짝 고개를 돌려 나를 힐끔 쳐다본다. 시선으로 말하고 있었다. 『적당히 내뱉는 거 아니야?』하고.

의심한다기보다는 부정해주길 바라고 있다.

나는 쓰게 웃으며 우는 아이 달래듯 토닥토닥 어깨를 두드렸다. 그리고 26년이라는, '젊다'고 하기엔 좀 길지만 '경험이 풍부하다'라고 하기엔 너무 짧은 자신의 인생을 되돌아보며 내가 내 나이에 해줄 수 있는 말을 해주기로 했다.

"괜찮아. 아마 괜찮을 거야."

"에엥, 아마~?"

아야노의 불만스러운 말투에 나는 "단언은 못 해"라는 서론으로 말을 이었다.

"어떤 일이든 결국 전부 일상이 되는 거야. 일생일대의 연애든, 악몽 같은 좌절이든, 세계적인 팬데믹이든, 최초의 아르바이트든——우리가 살아있는 한 그런 것들은 언젠가 평범한 일상에 녹아드는 거야.

성공한 부분도, 실패한 부분도, 그게 당연한 일이 되는 거지. 누가 넘어져도 세계는 꼼짝도 않는 것처럼, 일상은 꼼짝도 하지 않아. 인생은 이야기가 아니니까. 일상이라는 건 엄청난 중력을 갖고 있어서 모든 걸 일상으로 끌어당기고 말지. 그러니까 더더욱, 내가 하고 싶은 대로 나아가면 되는 거야."

나는 그렇게 말하고 웃었다.

그게 아야노에게 맞는 격려가 되었는지는 모르겠다.

하지만 26년밖에 안 되는 인생에서 말할 수 있는 건 그 정도다.

『모든 것이 일상이 된다.』

저주도, 축복도 될 수 있는 흔한 말이다.

꿈같은 생활도, 감당하기 힘들 정도의 슬픔도 언젠가는 익숙해지고 당연해지면서 무뎌지고, 타성에 흘러가며 희미해진다. 이는 굉장히 슬픈 일이지만 동시에 누군가에겐 구원이 될 수 있다. 난 그렇게 믿고 있어. 일상이야말로 진정한 구원이라고.

"하루 씨, 뭔가 좋은 말 하는 척……."

아야노는 나를 올려다보며 눈을 천천히 깜빡이더니 불쑥 중얼거렸다. 응, 전혀 닿지 않은 것 같네. 척은 뭐야, 척이. 뭐, 그래도, 그런가. 그럴지도. 나는 웃었다. 말 한마디로 누군가를 위로할 수 있다면 이 세상에는 영화도 소설도 필요 없다.

"뭐, 그거야. 나이가 들면 젊은 애한테 설교하고 싶어지는 법이지."

나는 그렇게 말하며 아야노의 머리를 거칠게 쓰다듬었다.

아야노는 꺄아아거리면서 즐겁게 몸부림쳤다. 나는 그 모습을 보고 웃으며, 그녀가 시오리와 교대로 욕실로 향하는 것까지 배웅하고 나서 다 식어버린 커피를 전부 들이켰다.

○

　면접날 나는 수업이 끝나자마자 자리에서 일어났다.

　한 학기의 절반을 쭉 자면서 보낸 나에게 이제 와서 말을 거는 특이한 반 친구는 없다. 아무에게도 '잘 가'라는 말을 하지 않은 채 책가방을 메고 교실을 나왔다.

　역까지 걸어가서 정기권을 냈다.

　교복을 입은 채 주오선을 타고 나카노를 목표 지점으로 잡았다.

　학교에서 보낼 때, 역을 걸을 때, 전철에서 흔들릴 때 나는 투명 인간이다. 누가 말을 거는 일도 없고, 나도 누구와도 관여하지 않는다. 관여하지 않는다기보단, 접근하지 않는 상대에게 어떻게 다가가면 좋을지 모르겠다.

　하지만 가까워지고 싶으냐고 물으면 지금은 그렇지도 않다.

　나는 지금, 꽤 행복하니까.

　전철은 지체 없이 나아갔다. 학교에서 돌아오는 이 시간, 차 안은 꽤 비어 있다. 동아리 활동을 한 뒤라면 분명 퇴근하는 사람들로 붐비겠지.

　나는 문과 가까운 곳에 서서 창문에 비치는 거리를 보고 있었다.

　응, 좀 긴장되는 것 같아.

　첫 아르바이트 면접.

　『다음은 나카노, 나카노, 출구는———.』

안내 방송이 끝나며 전철이 완만하게 속도를 줄여간다.

심장이 쿵쾅쿵쾅 뛰었다.

나카노역에 도착해 나는 역의 북쪽 출구로 나갔다. 스마트폰으로 시간을 봤다. 면접 시간이 얼마 안 남았다. 상가를 지나서 가게 앞까지 왔다.

긴장이 좀처럼 누그러들지 않는 것인지 스마트폰을 쥔 손에서 땀이 배어 나오고 있었다.

하루 씨, 하루 씨 하고 마음속으로 주문처럼 외운다.

『어떤 일이든 결국 전부 일상이 되는 거야.』

좋은 말을 하고 있는 것 같으면서도 미묘하게 어깨의 힘이 빠진 하루 씨의 얼굴을 떠올렸다.

그 뒤에 살짝 거칠게 머리를 헝클어뜨리는 손의 크기도.

이상한 사람이다. 정말로.

자신에 대한 걸 모른 척해준다는 건 알고 있다. 그래도 이상한 사람이다. 앗, 최근에 깨달았다. 나는 아마 평범한 사람보다 이상한 사람이 좋은 것 같아. 아, 근데 그런 말을 했다간 하루 씨는 분명 "애초에 보통 사람이란 무엇인가부터 이야기해야겠지……"라면서 귀찮은 말을 시작할 게 뻔했다.

"후후…… 응, 아마 괜찮을 거야."

나는 조금 가슴을 펴고 카페의 문을 통과했다.

# 제 4 화 ◯ 오기쿠보 BBQ

퇴근 후 아야노는 기쁜 얼굴로 그날 있었던 일을 들려주었다.

"저기 있지~, 하루 씨, 들어봐~."

면접에 합격한 아야노는 정식으로 카페에서 아르바이트를 시작했다. 듣기로는 알바처 사람들에게 귀여움을 받고 있는 것 같다.

아르바이트가 있는 날은 의욕 넘치는 얼굴로 집을 나선다. 면접 전 한껏 불안해하던 모습을 봤던 만큼 잘하고 있는 것 같아서 나도 시오리도 안심했다.

"그래서 말이지, 점장님이 알려준 건데~."

아야노는 오늘도 아르바이트를 하고 온 것 같았다.

저녁을 먹는 내 옆에서 아르바이트 중의 광경을 온몸으로 표현하고 있다.

"그래서~, 쟁반을 들 때는 손바닥을 이렇게 대고 말이지~."

아야노는 아르바이트에서 배운 쟁반 드는 법을 신나게 설명했다.

나는 시오리가 만들어 준 그라탕을 먹으면서 흐뭇한 얼굴로 "그렇구나~" 하며 맞장구를 쳤다. 이미 세 번 정도 같은 맞장구를 쳤다.

참고로 시오리는 소파에서 스마트폰을 두드리고 있었다. 아무래도 동아리 친구들과 뭔가 메시지를 주고받는 것 같았다. 나카노에서 만난 네코&타카코 여대생 콤비인 걸까.

"응응, 그렇구나~."

나는 네 번째 맞장구를 치다가 문득 아르바이트에 관해 의문을 품었다. 아르바이트를 하다 보면 당연히 발생하는『어떤 것』의 쓰임새에 관해. 나는 손을 멈추고 아야노에게 물었다.

"그러고 보니 아르바이트비가 나오면 어디에 쓸 거야?"

"……그렇구나!"

아야노는 벼락을 맞은 것 같은 얼굴로 탁 손뼉을 쳤다.

"잊고 있었어! 나오는구나, 월급!"

생각지도 못한 반응에 나와 시오리는 하마터면 그대로 넘어질 뻔했다. 신혼부부의 이야기를 듣고 의자에서 굴러떨어지는 카츠라 분시*처럼 말이다.

아야노는 아르바이트 자체가 즐거운 나머지 월급의 용도에 대해서는 미처 생각하지 못한 것 같았다. "어디에 쓸까~"라며 이제 와서 팔짱을 끼고 있다. 아야노는 조금 생각하더니, "앗" 하며 무릎을 쳤다.

"식비 같은 거 낼게. 지금까지 몫."

"아니, 그런 건 됐어. 충분하니까."

"에이~, 그래도~."

여고생에게 생활비를 청구하는 건 아무래도 넘어서는 안 되는 일선이 아닐까.

──생활비를 마련하기 위해 여고생을 아르바이트에 보낸다.

외형적으로나 윤리적으로나 완벽한 아웃이다. 아웃레이지**

---

*일본의 만담가이자 탤런트. 사회자를 맡고 있는 '신혼부부 어서 오세요'라는 프로그램에서 사연을 듣고 의자에서 굴러 떨어지는 장면으로 유명하다.

**일본의 유명한 범죄영화 제목.

한 세계관이다.

　게다가 식비에 관련해서는 불필요한 외식이 줄어든 덕분에 전보다 더 여유가 있었다. 아야노에게 받을 필요는 없다. 나는 아야노의 제안을 거절하고 다른 사용법을 제안했다.

　"아야노가 좋아하는 일에 쓰면 되지 않아? 처음부터 좋아하는 걸 찾기 위해 알바를 시작한 거니까 그게 올바른 용도인 것 같은데."

　"앗, 그런가. 그랬지, 참."

　그렇게 말하고 아야노는 월급의 용도에 대해 다시 머리를 굴렸다. 그렇다고 딱히 뭘 사고 싶어서 시작한 건 아닌지 곧바로 떠오르진 않는 듯했다. 아야노는 생각하다 지쳤는지 "참고로 말인데"라면서 나에게 이야기를 건넸다.

　"하루 씨가 처음 아르바이트 했을 땐 어디에 썼어?"

　"나? 나는 기억이 잘……."

　"에엥~?"

　나는 시선을 피하며 시치미를 뗐지만, 사실은 정확하게 기억하고 있다.

　십만 정도 모아서 소니 핸디캠을 샀다. 지금 생각하면 '아싸 남고생이 문화제 전후로 기타를 샀다가 한 달 만에 방치'해 버리는 것과 같은 이치.

　'영화로 가치관이 잔뜩 꼬인 음침한 남자 대학생이 핸디캠을 산다'라는 건 그런 종류의 젊은 혈기였다.

　내가 스스로의 역사를 남몰래 봉인하는 동안 아야노가 한 가지 아이디어를 제안했다.

"앗, 나 수영장 가고 싶…… 은데. 셋이서."

아야노는 머뭇머뭇 자신의 의견을 말했다. 시오리는 스마트폰을 보면서도 귀를 기울이고 있었는지 얼굴을 들고는 "수영장이요?"라며 신기하다는 얼굴을 했다.

아야노는 "저기 말이지~"라고 떠보듯이 제안했다.

"수영복 사서 수영장 가지 않을래? 다 같이. 전에 하루 씨가 『수영장이나 바다에서 즐겁게 논 적이 없다』 같은 말을 했던 것 같은데."

"아아, 말한 것 같기도 하고. 잘도 기억하고 있네."

"후헤헷, 하루 씨가 한 말은 대부분 기억할 자신 있거든."

아야노가 가슴을 펴고 그렇게 말했다. 다만 그것은 자랑스러워할 만한 이야기인가. 내가 하는 말 따위 90% 정도는 앞으로의 인생에 털끝만큼도 도움이 안 되는 잡담일 거다. 잊어버리는 게 뇌의 용량을 위해 바람직할 정도다.

"하루 씨, 여자애랑 바다나 수영장 가본 적 없지? 경험하지 못한 청춘 시절의 후회? 같은 거 이뤄줄게. 현역 여고생의 은혜 갚기야!"

"나에 대한 인식이 가끔 가혹하단 말이지……."

너는 나를 뭐라고 생각하는 거냐.

아니, 하긴 반 여자애랑 바다에 가본 적은 없다.

우미노와도 바다나 수영장은 가지 않았다.

내 캐릭터가 아니라는 생각에 피하고 있던 부분도 있다.

"아르바이트비로 수영복 사서 7월에 수영장 가지 않을래? 안 될까?"

그렇게 말하며 아야노는 얼굴을 바짝 들이댔다.

입을 꾹 다물고 간절한 눈빛으로 호소해온다. 글썽거리는 커다란 눈이다.

"아, 어어…… 뭐, 괜찮지 않아?"

나는 아야노의 기세에 눌려 그만 고개를 끄덕이고 말았다.

"아싸~! 약속한 거다?"

아야노는 환호하며 스마트폰을 만지작거렸다. "월급 받는 날 잊지 않도록 메모해둬야지"라는 이유에서다. "하루 씨도 메모해 둬"라는 요구까지 받았다.

"앗, 시이도 마찬가지야!"

"수, 수영복이요…… 그, 그러네요…… 노, 노력하겠습니다……."

"있지, 또 같이 수영복 고르러 가자?"

그렇게나 가고 싶은 건가, 수영장이.

헤엄치는 것 말고 노는 법을 모르겠는데. 그렇다고 셋이 같이 원거리 수영을 할 수도 없는 노릇이고, 집단으로 가면 뭘 해야 하는 걸까. 이번에 조사해둘까.

우선 아르바이트비의 용도가 하나 정해지며 내가 그동안 연이 없었던 수영장을 어떻게 즐겨야 하나 고민하고 있는데, 시오리가 "저기……" 하고 스마트폰을 한 손에 든 채 말했다.

나와 아야노가 시오리에게 시선을 던졌다.

"타카코 선배한테 바비큐를 먹자는 권유가……."

시오리는 스마트폰의 메시지를 보면서 머뭇머뭇 말을 이었다.

나와 아야노는 "?" "?"라는 얼굴로 서로를 마주 보았다.

시오리 쪽으로 돌아선 나와 아야노는 집게손가락으로 각각 자신을 향해 보였다. 시오리는 우리들의 검지를 보고 열심히 고개를 끄덕였다. 즉 우리에게도 권유를 했다는 뜻이다.

"저기, 그건 또 왜?"

"네…… 저기, 타카코 선배가 멧돼지를 잡았다고 해서……."

"멧돼지를 잡았다는 건 무슨 비유인가?"

"아, 저기, 말 그대로의 의미로…… 타카코 선배가 잡았대요. 올가미로…… 현지 사냥꾼이랑 해체했으니까 고기를 구워서 먹지 않겠냐고……."

"헉, 대박……."

"그 선배, 정말 뭐든지 다 하네."

올가미로 잡았다는 건 수렵 면허를 땄다는 건가? 코스프레나 게임은 취미의 범주에 포함되는 느낌이었는데, 거기에 수렵 면허까지 들어가 있다니 다재다능한 사람이 아닐 수 없다.

수비범위가 넓다.

정말 누구인 걸까, 타카코 선배.

"그런데 왜 우리한테? 시이 동아리 같은 곳에서 먹는 거 아냐?"

아야노가 실로 지당한 의문을 제기했다.

시오리가 소속되어 있다는 게임 동아리 사람들과 먹지는 않는 건가. 네코나 타카코 선배 외에도 동아리 회원은 있을 텐데. 시오리는 아야노의 질문에 "그건……."이라며 약간 난처한 듯 웃으며 말끝을 흐렸다.

"타카코 선배는 저기, 교제가 극단적인 분이라고 할까요……."

"아아, 뭐, 그런가. 명문 학교에서 『멧돼지를 잡았으니 같이 먹읍시다』라는 건 그다지 먹히지 않을지도 모르겠네."

"아하~, 꽤 특이한 느낌이긴 했었지."

"있는 그대로 말하자면…… 네. '그래서 그걸 좋아하는 사람과 아닌 사람이 극단적으로 나뉜다고 할지……."

"아아, 따르는 사람은 완전 잘 따를 것 같긴 하네."

"거북한 사람들은 완전 피할 것 같은 타입?"

나와 아야노의 말에 시오리가 쓴웃음을 지으며 "……네"라는 대답과 함께 애써 고개를 끄덕였다.

타카코 선배, 가까이 있다 보면 분명 재미있는 사람인데. 실제로 내가 있던 대학이었다면 다들 두 팔 벌려 환영했을 권유였지만, 세간의 일반적인 호감을 따진다면 종이 한 장 차이일 것 같기도 했다.

"그보다 하루 씨는 시이랑 같이 사니까 권유했다 쳐도, 나까지 가도 돼?"

"앗, 네…… 타카코 선배가 말하기로는 사람은 많을수록 좋다고…… 『저번에 그 여자애도 괜찮다면 같이 가자고 해~』라고 하셔서……."

"흐응~, 난 가고 싶어. 멧돼지 고기도 궁금하고. 타카코 씨는 어쩐지 이상한 사람이니까 난 좋아해."

그렇게 말하고 아야노가 나를 돌아보았다.

동시에 시오리도 나를 바라본다.

아무래도 최종결정을 내가 내려주길 바라는 것 같다.

냉정하게 생각하면 아야노와 우리가 가깝게 지내고 있다는 것——동거 상태라는 것이 드러날 만한 행동은 조심하는 편이 무난하다. 그렇다고는 해도 그 이유로 아야노나 시오리를 제한하는 건 본말전도. 지금의 삶을 이어가기 위해 두 사람이 희생하는 일은 없어야 한다. 그럴 바에는 당장 현 상황을 파해야 할 것이다.

"글쎄, 저쪽에서 좋다고 하면 괜찮지 않을까?"

"신난다! 그거 언제야?"

"음…… 모레 점심부터, 네요. 자세한 건 따로 물어볼게요."

"뭐 추가로 들어가는 게 있으면 내가 낸다고 말해줘."

"앗, 네…… 전해둘게요."

"멧돼지라~. 하루 씨는 먹어본 적 있어?"

"몇 번 정도는. 친정 근처에서 가끔 나왔거든."

그렇게 돼서 우리는 타카코 선배의 권유에 응했고 모레 토요일에 바비큐를 하기로 했다. 이때의 나는 설마 바로 조금 전에 봉한 흑역사가 탄로 날 거라는 생각은 꿈에도 하지 못했다.

○

약속한 토요일은 화창했다. 아침, 평소와 같은 시간에 일어나 우리는 각자 외출 준비를 끝냈다.

"하루 씨, 줄넘기 가져가도 돼? 평소라면 달리기하는 날이니까."

"응? 아아, 딱히 괜찮지 않아? 공원이면 그 정도 할 수 있는 공간은 있을 테니까."

"그럼 땀을 닦을 수건을, 넣어둘게요……."

"아아, 그러게. 아이스박스에 넣어둘까."

집합 장소는 시오리가 다니는 여대 바로 근처에 있는 후쿠주안 공원이었다.

바비큐 용품 같은 건 타카코 선배가 가져온다기에 우리는 야채나 주먹밥 등을 아이스박스에 담아 아침 10시 반 경에 집을 나섰다.

분위기상으로는 가벼운 소풍에 가깝다.

햇살 아래 있으면 약간 더웠기에 아야노와 시오리도 거기에 맞춘 여름 옷차림을 하고 있었다.

아야노는 길이가 짧은 청바지에 러프한 셔츠. 시오리는 시원한 색감의 원피스에 벨트를 매치한 모습이었다.

여전히 서 있기만 해도 그림이 되는 두 사람이다.

"그럼 나가 볼까."

"네에~, 앗, 열쇠는?"

"제가 갖고 있어요……."

그렇게 우리들은 집을 나와 아사가야역으로 향했다.

역마다 정차하는 미타카행 전철을 타고 11시 전에 목적지인 후쿠주안 공원에 도착했다.

울창한 공원은 휴일이라 그런지 아이들과 함께 온 가족들이 드문드문 보였다. 그 밖에도 대학 연극 동아리로 보이는 무리가 발성 연습을 하고 있거나, 개를 산책시키고 있는 여성 등, 시끄럽지는 않지만 너무 고요하지도 않은 일상의 소음으로 가득했다.

우리 세 사람이 공원 입구 부근에서 안내판을 보고 있는데 "어서 와요~"라는 느긋한 목소리가 들려왔다. 타카코 선배와 네코 씨의 목소리다.

양쪽 모두 청바지에 셔츠라는 움직이기 쉬운 복장을 하고, 바비큐 용품이 든 상자를 앞뒤로 나눠서 들고 오고 있었다. 다만 키 차이가 커서 그런지 타카코 선배에 비해 네코 씨의 부담이 커 보였다. 네코 씨는 "헥헥" 하며 숨을 몰아쉬고 있다.

타카코 선배가 바비큐 용품을 한 손에 들고 말했다.

"야아~, 오래 기다리셨어요~?"

"방금 왔어요. 그보다 그거 가져갈 거죠?"

나는 아이스박스 쪽을 시오리와 아야노에게 부탁하고, 타카코 선배와 네코 씨에게 바비큐 용품 상자를 받아들었다. 꽤 무게는 있었지만 남자 손이라면 혼자 못 들 것도 없었다.

"아, 감사해요~."

"아, 감사, 합니다…… 헥헥."

"아아, 아뇨아뇨."

나는 겨드랑이에 끼우듯이 상자를 들었다. 타카코 선배가 깔깔 웃으며 말한다.

"이야~, 갑자기 불러서 시간은 괜찮으셨나요?"

"토요일과 일요일은 쉬는 날이니 괜찮습니다. 오히려 불러주셔서 감사하죠."

연장자 조인 나와 타카코 선배가 간단한 인사를 마치자마자 아야노가 자연스럽게 대화에 끼어들었다. 정말 어디서든 씩씩한 여고생이다.

"저 오늘 엄청 기대하고 왔어요!"

"그거 기쁘네~. 우리 동아리 아가씨들한테는 자극이 좀 강했던 것 같아서 말이야. 그럼 갈까요? 관리국 허락은 받았지만 장소가 정해져 있어요."

타카코 선배가 앞장서듯 바비큐 광장으로 향했고, 나는 그녀 옆에서 얼마간 잡담을 나누었다. 그보다 조금 뒤쪽에서 시오리와 아야노, 네코 씨도 수다를 떨고 있었다.

"휴우~, 무거웠다. 앗, 시오링, 그 아이스박스는 뭐야?"

"여긴 주먹밥이랑 야채 같은 게 들어있어요……."

"네코 땀이 엄청나네, 수건 줄까?"

"앗, 저기, 앗, 아~, 저번에 나카노에서 만났던……."

"난 카미키 아야노야. 자, 받아. 좀 차가울지도 모르지만."

"아, 응, 잘…… 부탁…… 요."

네코 씨는 수건을 내미는 아야노의 모습에 작은 동물처럼 쭈뼛쭈뼛 손을 뻗었다. 그 직후, 네코 씨가 시오리의 그늘에 숨어 속닥속닥 귓속말을 했다.

"시오링, 뭔가 엄청난 인싸감이 느껴지는데."

"……인싸감?"

셋은 셋대로 즐겁게 대화하고 있는 것 같다.

후쿠주안 공원은 오기쿠보역에서 그리 멀지 않은 곳으로, 공원 내에는 커다란 연못이 남북으로 하나씩 있었다.

우리는 북쪽 연못 근처로 이동했다.

연못 주위로는 낮은 울타리가 둘러쳐져 있었고, 울타리를 따라 조금 걸으니 자갈 깔린 광장이 나왔다. 광장에는 지붕이 달린 휴식 공간과 캠핑장에 있을 것 같은 수도시설, 취사 시설이 갖춰져 있었다. 여기가 바비큐 장소인 것 같다.

타카코 선배가 솔선해서 작업을 분담해주었다.

"우선 불 피우기 조랑 기타 조로 나눠볼까요~. 앗, 오빠는 불 피우는 거 도와줄 수 있어요? 마침 지금 그릴도 들고 계시고~."

"아아, 그럼요, 괜찮아요."

"존댓말은 안 해도 돼요~, 우리들 연하니까~. 그럼 시오리, 네코, 아야노는 먹을 장소랑 식재료 준비를 부탁할게~. 자세한 건 시오리가 알고 있을 거야~."

그렇게 해서.

아야노와 시오리, 네코 씨는 돗자리를 깔거나 아이스박스에서 일회용 접시나 야채 같은 걸 꺼내기 시작했다. 그 옆에서 나와 타카코 선배가 불 피우기에 착수했다.

나는 네 발 달린 그릴을 조립하고 착화제랑 숯을 꺼냈다.

그러는 사이 타카코 선배는 불이 붙을만한 나뭇가지를 골라주었다.

내가 둥글게 만든 낡은 신문 위에 나뭇가지나 숯을 얼기설기 올린다. 성냥을 그어 헌 신문에 불을 붙인다. 작은 불씨가 신문에서 나뭇가지로, 나뭇가지에서 숯으로 옮겨붙으면서 차츰차츰 타닥타닥하는 소리가 났다.

나는 이런 모닥불 소리를 좋아했다. 한동안 자기 전에 동영상 사이트에서 모닥불 소리 같은 걸 들었을 정도로. 딱히 일이 바빠서 정신적으로 피폐했던 시기였다거나, 그런 건 결코 아니다.

내 손놀림을 본 타카코 선배가 "오오~"라며 감탄한 얼굴로 칭찬을 했다.

"타니가와 씨, 꽤 익숙하시네요."

"사회생활 하면서 한동안 피폐해져서 모닥불 영상만 봤거든요."

"의외의 이유로 사회에 나가기가 싫어지네요~."

무심코 진실을 말하고 말았다.

이러면 안 되지.

"사실 농담이고, 고향이 시골이라 이런 데 익숙해요."

"아아~, 그렇구나. 그래도 아웃도어에 익숙한 건 의외네요~."

"흔히 말하는 아웃도어 같은 건 잘 못 해요. 제일 잘하는 건 농사일이라는 느낌이고."

사실상 본가에 있을 때 밭일 같은 것만 줄곧 도왔으니 잔디 깎는 기계를 쓴다든가, 표고버섯 원목에 버섯을 박아 넣는다거나, 장작을 패는 일 정도라면 그럭저럭 할 수 있다.

반대로 바비큐라든지, 캠프라든지, 다 같이 협력하거나 시끌벅적한 계열은 자신 있다고 말하기 어렵다. 요컨대 분위기를 띄우거나 주변에 녹아드는 게 서툴렀다. 내가 그렇게 말하자 타카코 선배도 "근데 알 것 같아요, 그 느낌~"이라며 웃는다.

"저도 이렇게 요리하는 것보단 『수렵 채집』에 가까운 느낌이거든요~. 뭔가 혼자 묵묵히 하는 편이 성미에 맞는 감이 없잖아 있죠~."

"아아, 맞아. 멧돼지는 직접 잡은 거죠?"

"올가미를 쓰는 사냥 면허는 비교적 따기 쉬운 편이거든요~. 앗, 그러고 보니——."

"하~루~씨~, 불 다 됐어?"

식재료 조에 있어야 할 아야노가 폴짝폴짝 불 피우기 조로 다가왔다.

가볍게 걸어와서는 아이처럼 풀썩 등 위를 내리누르듯 달라붙는다. 불을 지피던 나는 등의 무게에 살짝 몸이 앞으로 기울었다.

"임마, 등에 타면 어떡해. 불 가까이서 장난치면 위험하잖아."

"오오, 타닥타닥 소리가 나는데?"

"너무 들여다보지 마. 예쁜 머리 다 탄다?"

나는 불을 들여다보는 아야노에게 주의를 주었다.

아야노는 어느새 곱창끈으로 머리를 하나로 묶고 있었다.

나는 그 머리가 불에 닿지 않게 살짝 목뒤로 넘겨주었다. 아야노가 "에헤헤, 고마워~" 하고 웃으며 대답했다. 그 모습을 보고 있던 타카코 선배가 "오호~" 하는 이상한 소리를 냈기에, 나와 아야노는 "?" "?"라는 얼굴로 그녀를 보았다.

"야아~, 여전히 사이가 좋네요, 두 사람."

"야아~, 이거 고마워요."

"뭐가『이거 고마워요』냐. 그리고 음식 준비는 어쩌고 왔어?"

"이미 끝났어~."

나는 아야노가 올라탄 등 쪽 방향을 돌아보았다.

시오리와 네코 씨는 이미 준비를 마친 것 같았다. 야채나 식재료를 미리 잘라서 담아놓은 덕분에 간단히 끝난 것 같다.

"불도 다 됐으니 바로 가볼까요~."

타카코 선배는 그렇게 말하며 그녀가 가져온 소지품에서 멧돼지 고기를 꺼냈다.

시오리와 네코 씨도 합류하며 바비큐를 개시했다.

○

"이게 멧돼지 고기구나. 앗, 맛있어~."

"의외로 냄새가 없네. 양념에 절여서 그런가?"

"아아~, 맞아요, 맞아요~. 마늘 간장에 담가됐거든요~."

"시오링, 이제 이거 먹을 수 있어?"

"어이 네코여, 방금 질문하는 사이 내 접시에 표고버섯을 넘긴 것 같은데?"

"타카 선배, 균 덩어리는 음식이라고 할 수 없는데요?"

"그런 걸 선배한테 떠넘기다니 좋은 배짱이구나~."

"저는 좋아해요, 균 덩어리……. 앗, 이건 충분히 익은 것 같아요."

"에엑, 그치만 균인데? 하얀 주름이 자글거리는데?"

"아하하하, 네코 귀여워~. 앗, 여기 고기 다 구워졌다!"

"어이 아야노, 야채도 먹어, 야채도. 은근슬쩍 내 접시로 옮기지 말고!"

바비큐가 시작되자 여기저기서 대화 꽃이 피어났다.

모두가 제각기 제멋대로 말하고 있다. 처음에 네코 씨는 아야노를 어려워했지만, 아야노가 포기하지 않고 말을 걸어준 탓인지 완전히 친해져 있었다.

"자, 네코, 피망 다 익었어, 피망."

"피망은 싫은데요~."

"그럼 자, 여기 있는 가지."

"가, 가지도 싫은데요~."

"그럼 옥수수는?"

"옥수수는 알갱이가 나눠진 건 못 먹어요~, 응, 못 먹어요."

"네코, 먹을 수 있는 게 뭐야?"

라는 느낌으로 아야노와 네코 씨가 맥없는 대화를 주고받고 있었다.

시오리도 쓴웃음을 지으면서도 흐뭇하게 그 이야기를 듣고 있다.

나는 세 사람의 화기애애한 모습을 멀리서 바라보았다. "청춘이구나……" 하면서.

학창 시절 특유의 분위기에 문득 그리움을 느꼈다.

돌발적으로 기획을 떠올리고 친구들을 불러 모으는 이 느낌. 사회인이 되고 멀어진 뒤로는 간만에 보는 풍경이었다. 예전의 나라면 카메라라도 켰으려나? 기록에 남기고 싶을 정도로 아야노와 시오리, 네코 씨의 모습은 행복해 보였다.

그러고 보니 타카코 선배의 모습이 없다. 그렇게 생각하는 순간 등 뒤에서 귓속말이 들려왔다.

"즐기고 계신가요~, **타니가와 감독님**~?"

"아아, 네, 아──엑?! 우왁?!"

나는 불시에 다가온 그 존재에 손에 들고 있던 종이컵을 떨어뜨렸다.

세 명의 여성들이 무슨 일인가 하고 이쪽을 바라보았다.

타카코 선배는 "우후후~"라며 의미심장한 미소를 짓고 있다.

"앗, 저 사실 게임 동아리 말고 『영총회』에도 들어가 있거든요~."

"영총회?"

"……그게 뭐죠?"

아야노와 시오리가 신기하다는 듯 고개를 갸우뚱했다.

난 불길함에 땀이 배어 나오는 걸 느꼈다.

물론 나는 알고 있다.

영총회는 자체 제작 영화 동아리였다. 주로 주오선 서부에 위치한 대학교 학생들로 구성된, 창설된 지 반세기가 지났다고 하는 유서 있는 영상 동아리이기도 하다. 활동 내용은 주로 영상 작품 제작이나, 대학의 강의실을 빌려서 하는 영화 감상 등이다.

내가 영총회를 알고 있는 이유는 간단하다.

내가──영총회의 OB였기 때문이다.

"타카코 씨는 정말 뭐든 하고 있구나……."

"문어발이라는 녀석이죠~."

씁쓸히 미소 짓는 나에게 타카코 선배(동아리상으로 말하자면 『후배』가 되는 셈이지만)는 여우같이 눈을 좁히며 빙긋 미소지었다.

○

"에엑! 하루 씨 영화 만들었어?!"

아야노가 그렇게 말하며 놀랐다.

내가 영총회에 대한 설명과, 과거 회원이었다는 사실을 전했기 때문이었다. 시오리도 내가 영화를 만들고 있었다는 건 몰랐는지 "처음 들어요……"라며 작게 불평했다.

처음 듣는 게 당연하다.

나도 특별히 떠든 적이 없었고, 부모님도 누군가에게 전하지 않았던 것 같으니까. 우리 어머니도 아들의 취미를 퍼뜨릴 만큼 한가하지는 않았나 보다.

"학생 때 자체 제작을 해본 것뿐이야. 별로 대단하지도 않아."

나는 민망한 기분에 시선을 피하며 말했다.

"QFF 입선작품이 대단한 게 아니라면 후배들이 설 자리가 없잖아요~."

타카코 후배가 악역 같은 미소를 지어보였다.

참고로 『QFF』라는 건 『큐어 필름 페스티벌』의 약칭이다.

쉽게 말해 국내 영화 축제 같은 것으로 독립영화 공모도 함께 진행하고 있었다. 나도 학창 시절 그 공모전에 자체 제작한 영화를 출품했었다. 운이나 타이밍이 맞아 떨어져 입상을 한 적도 확실히 있었다.

타카코 후배의 발언에 시오리가 감격스러운 얼굴로 이쪽을 바라본다. 존경의 시선을 부당하게 약탈한 것 같아서 어쩐지 찜찜

한 기분이었다. 아니, 딱히 상을 부당한 방법으로 탄 건 아니지만.

시오리는 순수하게 감동한 눈빛으로 말했다.

"하루후미 씨…… 예전부터, 영화나 소설도 자주 보셨죠……."

"보는 걸 좋아하니까 만들어 보자, 라는 안이한 발상이었어. 아아, 그보다 잘도 알아챘네. 이미 진즉에 그만둔 나 같은 놈의 작품은 어디서 알아낸 거야?"

내가 그렇게 말하며 고개를 돌리자 타카코 후배는 천연덕스러운 얼굴로 답한다.

"그게~, 실은 부실에 수상작 데이터가 남아 있어서 봤거든요~. 그보다 저기, 이렇게 얘기한 것도 사실 긴히 부탁드리고 싶은 게 있어서 그런 건데요~."

"부탁?"

"저기, 타니가와 선배가 찍은 다른 작품들, 데이터 아직 갖고 계신가요~?"

"앗, 타카 선배, 설마 오늘 권유한 건 그것 때문이었나요?"

"아니야~, 그런 계산 안 했어~."

"타카 선배, 대놓고 거짓말밖에 안 느껴져요!"

타카코 후배는 능청스럽게 대답했고, 네코가 내 마음을 대변해 주고 있었다.

나는 두 사람이 대화하는 모습을 반쯤 어이없는 기분으로 웃으면서 바라보았다. 동시에 대학 시절에 찍은 그 영화들이 어디 있는지 떠올렸다. 편집용으로 사용하던 PC는 작년에 교체했지만——.

"외부 HDD에 복사본을 남겨뒀으니까 방 어딘가에 있을 거야.

책장 같은 곳에 있지 않을까."

"앗, 정말요~? 그거 빌릴 수 없을까요~?"

"아아—, 뭐에 쓰려고? 미리 말해두는데 습작 같은 것밖에 없다?"

"그런 거 참고로 보여주셨으면 좋겠어요~. 이런 핸디캠으로 찍을 만한 아이디어가 필요해서요~. 지금 동아리 활동 상황이 별로 좋지 않거든요~."

타카코 후배 왈, 요즘은 회원 수도 준 데다 그중에서도 영화를 찍는 회원은 더 극소수만 남았다고 했다. 씁쓸한 반면 시대의 흐름이라면 납득이 가기도 한다.

동영상 사이트 등에서 축약 버전 영상 같은 것들이 유행하는 세상이다. 두 시간짜리 영화를 보기도 아까워하는 세상의 흐름에 대항해 수십 시간을 들여 한 편의 영화를 찍는 인간이 이단아인 건 분명하다.

내 시야에 뛰어 들어온 아야노가 눈을 빛내며 "저요, 저요!"라고 손을 든다.

"나도 보고 싶어! 하루 씨의 영화!"

얼마 전 알바비 이야기 때는 잘 얼버무렸는데, 봉인한 흑역사는 뜻지 않게 열리는 법이다. 다만 나도 미련스럽게 복사본 데이터 같은 것을 갖고 있었으니 언젠가 드러났을 수도 있겠지만.

"저, 저기…… 저도, 보고 싶어요."

"아, 그럼 나도……."

"네코여, '그럼'이 뭐냐, '그럼'이."

"아아~, '그럼' 정도로 가볍게 봐주는 편이 나로서는 더 좋아."

나는 체념을 담은 미소를 띠며 말했다.

하지만 의외로 불쾌한 기분은 아니었다.

속아서 온 것 같은 느낌도 있었지만 후배가 의지해 주는 것은 나쁘지 않다. 게다가 내가 소중히 안고 있는 데이터들도 누군가에게 보여주는 편이 성불하기 쉬울지도 모른다.

"데이터 찾으면 시오리한테 맡기면 될까?"

"앗, 타니가와 선배, 감사합니다~!"

"뭐, 후배가 준비한 고기까지 먹었는데 싫다고 하긴 어렵지."

나는 농담조로 말하면서 내가 찍은 영화들에 대해 생각했다.

그건 곧 대학 시절의 거의 모든 것을 되돌아보는 것과 마찬가지였기에, 자연스레 대학 시절의 다양한 추억들이 부수적으로 떠올랐다. 내가 생활의 대부분을 내던지고 찍은 영화와——연인이었던 우미노에 대해.

그러고 보니 그 비 오는 날 이후 연락을 하지 않았는데, 그 녀석은 무사히 돌아갔을까. 아니, 변호사님을 걱정할 필요는 없을지도 모르겠지만.

"……하루 씨?"

"하루후미 씨?"

"뭐, 영화가 재미없어도 책임은 안 질 거지만."

갑자기 떠오른 감상적인 추억을, 나는 쓴웃음과 함께 삼켜버렸다.

○

그 이후의 바비큐는 굉장히 즐거운 시간이었다.

여대생에게 둘러싸여도 아야노는 느긋했고, 시오리도 네코 씨나 타카코 후배와 함께 편안해 보이는 보습으로 담소를 나누고 있었다. 여름이 다가오고 있었지만 오늘은 습도가 높지 않아서인지 바람이 부니 시원하고 기분 좋았다.

이런 날엔 밖에서 식사하는 것도 나쁘지 않지.

식사가 끝나자 아야노는 네코 씨와 타카코 후배를 끌어들여서 줄넘기를 하고 있었다. 줄넘기가 서투른 네코 씨에게 아야노와 타카코 후배가 이러쿵저러쿵 조언인지 놀림인지 알 수 없는 무언가를 날리고 있다.

"네코, 팔을 붕붕 흔드는 게 아니라 팔목으로 돌리는 거야."

"손목이 그렇게 빙글빙글 돌아가요?"

"네코는 리듬게임 말고는 다 꽝이니까."

"뭣?! 꽝이라고요?! 거, 거기서 잘 보고 있어요!!"

떠들썩한 삼인방을 흘긋 보면서 나는 소화를 핑계로 공원 산책로를 느긋하게 걸었다. 그러자 시오리가 자연스럽게 옆에 나란히 섰다.

"시오리는 여기 있어도 돼?"

"앗, 네…… 방해되려나요?"

"그럴 리가. 그럼 잠깐 걸을까?"

그렇게 말하고 둘이서 공원 내 산책로를 천천히 나아갔다. 산책로 좌우에 심어진 참나무와 느티나무가 어여쁜 신록의 가지를 바람에 흔들며 솨— 하는 기분 좋은 소리를 들려주었다.

시오리의 원피스 자락도 바람에 흩날렸다.

나는 곁눈질로 그녀의 모습을 눈에 담았다.

시오리의 등줄기는 곧게 뻗어 있어 평범하게 걷기만 해도 자연스럽게 주위의 시선을 사로잡는 매력이 있었다. 발성 훈련을 하던 남자 대학생들도 넋을 잃고 보고 있다. "크다"라고 중얼거린 학생은 지금부터 안구를 찔러주고 올까. 손가락이 부러지는 건 각오한 바다.

"……하루후미 씨? 저기, 눈이 무서운데요."

"응? 아아, 미안. 고마워."

시오리의 목소리에 정신을 차렸다. 위험했다, 위험했어. 나도 모르는 새에 살의가 새어 나오고 있었다. 눈은 찌를 수 있는 과녁이 좁으니 상대가 알아차리면 맞추기 어렵다. 참아야 한다. 『존 윅』에서 배운 무술을 선보여 주마.

내가 마귀 수준의 살의를 가슴에 품고 있는데 시오리가 문득 입을 열었다.

"착각이라면, 죄송해요……."

"응? 뭐가?"

"저기, 요즘 조금…… 피하고 계시지 않나요?"

"피하다니, 시오리를?"

"네…… 아, 저기, 자의식 과잉인 거면, 저기, 죄송해요……."

시오리는 그렇게 말하며 자신 없이 고개를 숙였다.

짐작은 갔다. 바로 그 꿈이다.

시오리로 민망한 꿈을 꾼 이후 가능한 한 평정을 가장하고 있었지만, 시오리는 그 사소한 위화감을 눈치챈 것 같았다. 눈치챌 정도로 내 위장이 어설펐다고 봐야 할까, 아니면 시오리가 잘 간파했다고 봐야 할까. 어느 쪽이든 지금의 상황은 크게 달라지지 않는다.

"아아, 그건 말이지."

말문이 막힌 채로, 뭐라고 말해야 좋을지 고민했다.

자의식 과잉이라고 생각하는 것은 좋지 않았다. 하지만 솔직하게 "당신으로 야한 꿈을 꿨습니다" 같은 말을 할 수도 없는 노릇이다. 말한다 한들 시오리도 반응하기 곤란할 뿐이다.

"……."

내가 생각에 잠겨 있자 시오리가 빤히 날 바라본다.

──상처 주고 싶지 않아.

시오리를 보면 항상 그런 생각을 하게 된다.

어린 시절의 그녀를 알고 있어서 그런 걸까.

내 방에 틀어박혀 있을 무렵의 그녀는 이제 갓 보호한 아기 고양이 같아서, 쭈뼛쭈뼛, 두리번거리며 자신이 있을 곳을 찾고 있는 것 같았다. 어디까지 허용되는지 조심스레 시험하는 것 같은 눈치였다. 나는 아기 고양이에게 처마를 빌려줄 요량으로 자리를 내주고, 그 아이가 자리를 잡아가는 모습을 즐겁게 바라보았다.

성장한 그녀에게서 그때의 모습을 보았다.

지켜야 할 작은 여자아이의 모습을.

동시에 더는 아기 고양이가 아니라는 사실도 알게 되었다.

처마에서 나온 그녀는 상당히 예쁘게 성장해서 돌아왔다. 그녀를 볼 때마다 자신의 부족한 변화에 비해 이 얼마나 눈부신 성장인가 하는 생각이 든다.

다만 그 변화를 언급하기는 망설여졌다.

그래서 나는 머리 위의 나무를 올려다보며 태연히 대답했다.

"딱히 피하는 거 아니야."

"하지만, 지금도 시선을 피하고 계시잖아요……."

"그렇지 않——"

아, 라고 말하려다 머리 위로 향하고 있던 시선을 떨어뜨렸다. 시오리와 눈이 마주쳤다.

시오리가 한 걸음 거리를 좁혀오며 이쪽을 올려다보았다.

올곧은 시선과 함께 시오리는 자연스러운 어조로 묻는다.

"……정말로요?"

"저, 정말이지 그럼."

나는 내 발언을 입증하듯 시오리의 눈동자를 뚫어져라 바라봤다.

빨려 들어갈 것처럼 선명하고 맑은 검은색. 그것이 부드럽게 가늘어졌다. 웃고 있었다. 상냥하고 고혹적이며, 어딘가 도발적이기까지 한 미소.

나는 순간적으로 다시 시선을 돌렸다.

시오리가 "앗……" 하고 슬픈 어조로 투덜거린다.

"또 피하셨네요……?"

"아니, 이건 저기——."

"……후후."

당황하는 나를 보고 시오리가 만족스러운 듯 미소지었다.

나는 붉어지는 얼굴을 한 손으로 감싸며 받아쳤다.

"어, 어른 놀리는 거 아니야."

"어머? 저도 이제 어른인걸요……."

"성인식* 치르기 전이면 아직 애다."

"선거권이 있으니까 어른이죠. 자신의 의견을 말할 수 있으니까요."

시오리는 그렇게 말하고 어딘가 기분이 좋은 모습으로 계속 걸었다.

나는 그런 시오리의 뒷모습을 보며 쓴웃음을 지었다.

정말이지, 저런 억지를 부리게 되다니, 누구에게 받은 악영향일까.


○


네코는 『거기서 잘 보고 있어요!!』라고 선언한 직후, 줄넘기에 성대하게 실패하며 어쩐지 고급 햄 같이 되어 있었다. 아니면 차슈 덩어리. 줄넘기에 칭칭 뒤엉킨 네코는 잔디 위에 꼼짝 못 하고 누워 있었다.

"저기, 어떻게 하면 이렇게 되는 거죠?"

"네코, 그건 이쪽 대사 아니야?"


*일본의 성인은 2021년을 기준으로 만 20세다. 하지만 투표는 만 18세부터 행사할 수 있다.

"네코…… 상상 이상으로 못 하는구나……."

"타카 선배, 진지한 얼굴로 그런 말 하면 상처받아요."

우리 셋은 그런 말을 주고받았다.

언쟁을 해도 눈앞에 있는 차슈의 상태는 달라지지 않았다. 어쩔 수 없었기에 타카코 씨와 협력해서 네코에게 얽힌 줄넘기를 풀어나갔다. 그때 나는 문득 두 사람의 모습이 보이지 않는다는 걸 깨달았다.

"어라? 하루 씨랑 시이는 어딨지?"

"그러고 보니 소화시킨다고 하면서 걸어가던데~."

"아아, 하루 씨 가끔 늙은이 같은 소릴 하더라."

"피곤했던 거겠지~."

"두 분 다 수다 떠시는 건 좋은데 이거 빨리 좀 풀어줄래요? 아까부터 애들이랑 부모님들이 수상쩍은 얼굴로 보고 있다고요."

거의 차슈 상태인 네코는 그런 상태임에도 강경하게 주장했다.

타카코 씨가 불손한 네코의 태도에 어이없다는 듯 투덜거렸다.

"스스로 성대하게 얽힌 사람이 할 대사인가~?"

"네코, 정말 어떻게 한 거야?"

"눈앞에서 봤잖아요. 그게 다예요."

"아니, 전혀 모르겠던데. 오히려 이 상태가 되는 게 2단 뛰기보다 어렵지 않을까?"

같은 말을 하면서 네코의 구출을 속행. 구출 중인 네코는 뭍에 오른 바다표범 같은 상태로 꿍얼거렸다.

"시오링, 정말 그 오빠 집에서 계속 살 생각인가~. 역시 그것

때문인가~?"

"네코, 그거 때문이라니 뭐야?"

내가 그렇게 묻자 네코는 "앗" 하고 말을 멈추고는 차슈처럼 입을 다물었다. 입을 다무니 점점 더 차슈 같다.

"네코는 과보호니까 말이지~. 걱정이 많은 거야~."

"아아, 그렇지이. 복잡한 사정이 있답니다아."

타카코 씨가 자연스럽게 화제를 회피해주려 한 것 같지만, 네코의 어설픈 연기가 모든 걸 망치는 중이었다. 뭔가 내가 모르는 사정이 있는 것 같다. 네코는 아마 나도 알고 있었을 거라 생각했던 거겠지.

"흐음~?"

나는 네코의 얼굴을 들여다보았다. 네코가 고개를 돌린 채 "휘유우우~" 휘파람을 불었다. 얼버무리는 기술이 초등학생 수준이다. 나는 줄넘기의 끝을 꽉 조였다. 줄넘기가 파고들자 네코가 "히얏" 하고 비명을 질렀다.

한 번 더 네코의 얼굴을 들여다보았다.

이건 『도마 위의 잉어』가 아니라 『잔디 위의 차슈』였다.

나는 사악한 얼굴로 웃으며 네코에게 물었다.

"──그래서, 사정이라니?"


그리고 네코와 타카코 씨에게 사정을 전해 들었다.

게임 동아리에서 일어났던 일.

시이가 이사할 곳을 찾고 있는 이유에 대해.

『우리 동아리엔 활발하게 타 대학이랑 교류하는 타입이랑, 그렇지 않고 순수하게 게임을 좋아하는 타입이 있는데요. 그 '활발한 파벌'에 시오링이 들어갔다고 할까, 권유를 거절하지 못했다고 할까──.』

『우린 여대니까 말이지~. 만남을 좋아하는 아가씨들은 타 대학이랑 교류를 원하기도 하는데. 시오리는 그 성격에 그 외모잖아~. 그런 장소에 끌려가면 뭐…… 성가신 남자들까지도 전부 달라붙는단 말이지~. 거절할 수 있는 타입이 같이 있어 주면 좋겠는데 나는 아가씨들이랑은 좀 안 맞아서~.』

『타카 선배는 애초에 권유조차 못 받잖아요~…….』

『네코도 남 말 할 처지는 아니잖아~.』

『뭐, 그래서 성가신 놈한테 호감을 사 버렸는데, 시오링은 혼자 사는 게 처음이니까 여러 가지로 무방비하잖아. 그, 빨래라든가…….』

『이런저런 일들이 있었으니까~ 신뢰할 수 있는 오빠랑 같이 있는 편이 안심이라고 생각한 거지~. 타니가와 선배, 속옷 도둑보다는 훨씬 더 호감이 가는 느낌이잖아~?』

라는 이야기였다. 그것이 시이의 사정.

다 듣고 나니 나만 일방적으로 알아버린 것에 대한 어색함이 조금 남았다.

내가 가만히 있자 네코가 입을 열었다.

"경청하시는 와중에 죄송하지만 빨리 좀 풀어주실래요?"

나는 "앗" 하며 타카코 씨와 얼굴을 마주 보았다.

조금의 어색함 외에도 차슈 상태인 네코가 남아 있었다. 나와 타카코 씨는 "미안해~"라고 말하며 황급히 줄넘기를 풀어주었다.

○

나와 시오리가 산책에서 돌아오자 아야노 일행도 줄넘기를 막 끝낸 것 같았다.

어쩐지 네코에게 묶인 자국 같은 게 화려하게 남아 있었지만, 도대체 어떤 놀이를 했는지는 수수께끼였다.

통햄 놀이라도 하지 않은 이상 저렇게 되지 않을 것 같은 자국이다. 하지만 대학생이나 돼서 통햄 놀이를 할 것 같지는 않고 필연성도 전혀 없었기에 수수께끼는 깊어질 뿐이었다.

다만 세상에는 알지 않아도 되는 일이라면 그대로 두는 게 좋은 경우가 산처럼 많다. 이것도 그중 하나라고 생각하고 나와 시오리는 조용히 말을 삼켰다.

# 제5화 ◐ 나카노 아르바이트

네코, 타카코 씨와 바비큐를 한 다음 날 아침.

나는 한 통의 전화를 받고 아르바이트의 시프트를 추가하게 되었다. 『파트 직원 딸이 열이 난다고 해서, 급해서 미안하지만 할 수 있겠어?』라고 점장님에게서 연락이 왔다.

일도 빨리 배우고 싶었던 참이었기에 나는 곧바로 시프트를 넣었다.

일기 예보를 확인하고 침실의 이불을 가져가 베란다에 널었다. 옷은 아침에 일어나자마자 갈아입었으니 다시 바꿀 필요는 없겠지. 게다가 우리 카페는 유니폼이 있어서 출근복은 아무거나 입어도 상관이 없었다.

참고로 유니폼은 가게 사물함 안에 있다.

이게 꽤 귀엽단 말이지.

내가 집을 나갈 준비를 마쳤을 때, 하루 씨와 시이는 아직 졸린 눈으로 일요일 아침에 하는 무슨 라이더를 보고 있었다.

이제 막 일어나 소파에 느긋하게 앉아 있는 하루 씨와 시이는 조금 닮았다.

맥빠진 느낌이랄까, 우연히 나오는 행동들이 똑 닮았다.

앗, 지금 하품하는 타이밍도 똑같았다.

아마 어릴 때 같이 있었던 영향이 아닐까 싶었다. 시이가 하루 씨의 영향을 받은 거겠지. 그런 두 사람의 모습이 귀여우면서도 동시에 좀 부러웠다. 내가 모르는 두 사람의 시간이 있었다는 게,

요즘 가끔 신경 쓰이고는 했다.

어제 바비큐 때도.

둘이서 무슨 이야기를 했을까, 같은 게 신경 쓰였고.

"저기, 나 알바 다녀올게~."

광고 화면으로 바뀐 걸 확인하고 소파 뒤에서 두 사람에게 말을 걸었다. 하루 씨는 직접 탄 인스턴트 커피를 마시며 "오" 하는 맥빠진 얼굴로 돌아본다.

"오늘 알바 있었구나?"

"아니, 파트 직원 딸이 열이 났대."

"아아~, 그런 거 있지."

"아야노 양의 점심은, 어떻게 할까요……?"

"점장님이 만들어주신대. 그러니까 내 몫은 괜찮아!"

나는 그렇게 말하며 시이에게 웃어주고는 삐죽삐죽 솟은 하루 씨의 머리를 마구 헝클었다. 하루 씨는 커피잔을 입에 댄 채 귀찮다는 얼굴. 하루 씨 주변으로 저렴한 커피 냄새가 났다.

그걸 보고 문득 떠오른 나는 하루 씨에게 말했다.

"그러고 보니, 커피 좋아하면 우리 가게에 오지 그래? 커피 맛있다는 것 같던데."

"아야노 가게에? 아는 사람이 오는 거 싫지 않아?"

"안 그런데?"

"흐음, 오늘 몇 시까지야?"

"시프트는 15시까지. 앗, 올 거야?"

"기대하지는 마. 오늘은 책장 정리할 예정이니까."

하루 씨는 '갈 수 있으면 간다'는 식으로 기대감 없는 말을 했다. 나는 그것만으로도 상관없었다. 하루 씨가 올지도 모른다고 생각하면 아르바이트가 즐거워질 것 같다. 오지 않았을 땐 그건 그거대로 상관없어.

집에 와서 실컷 어리광부려야지.

그러고 보니 하루 씨가 말했던 『책장 정리』라는 건 그건가.

타카코 씨랑 약속했던 영화를 찾는 거.

나는 현관까지 가서 구두를 신으며 "시이!"라고 소리쳤다.

"하루 씨 영화 발굴되면 같이 보자?"

"앗, 네…… 먼저 보거나 하지 않을 테니, 걱정 마세요."

"그렇게 기대하지 말아줘―."

"완전 기대하고 있을게! 다녀오겠습니다람쥐!"

나는 현관에 서서 안쪽을 향해 큰 소리로 말했다. 하루 씨와 시이가 빼꼼, 하고 거실에서 얼굴을 내밀었다.

"언제 적 개그냐……. 잘 다녀와."

"잘 다녀와요…… 소나기가 올지도 모르니까 우산 잊지 말고요……."

나는 두 사람의 '잘 다녀와'를 듣고, 우산을 챙겨서 집을 나섰다.

○

아사가야역에서 노란색 노선 전철을 타고 나카노역에 내렸다. 내리자마자 역의 북쪽 출구에서 나카노 썬몰 상점가로 직행. 브로드웨이를 따라 걷다가 도중에 왼쪽 샛길로 빠지면 내 알바처인 카페가 나온다.

나는 역사가 느껴지는 나무문을 열었다.

가게 안으로 들어서자 차분한 재즈 소리가 들려왔다. 카운터석 외에 열 개 정도의 좌석이 있는 널찍한 공간은 휴일 아침이라 그런지 다소 붐볐다.

백발에 근사한 콧수염을 기른 마스터가 카운터 안에서 미안하다는 미소를 지었다. 나는 가볍게 고개를 숙여 보였다.

그러는 사이에도 선배 아르바이트생이 테이블을 돌며 분주히 주문을 받고 있었다.

갈색 머리에 말하는 게 싹싹한 여성 직원이다. 내 교육 담당 같은 사람으로 이름은 이이지마 씨. 하루 씨와 비슷한 또래의 나이에 활력이 넘치는 사람이었다. 아르바이트로 모은 돈으로 자주 해외여행을 간다는 것 같다.

아마 오늘도 원래 시프트에 들어가 있었겠지.

이이지마 씨는 조금 전에 받은 주문을 마스터에게 전했다.

그때 마스터가 내 쪽을 가리켰고, 이이지마 씨도 나를 알아보았다. 그녀는 미소를 지으며 "고마워~"라고 입만 움직여 인사했다.

나는 이이지마 씨에게도 인사를 하고 탈의실로 직행했다.

자신의 이름표가 붙은 사물함에서 유니폼을 꺼냈다.

차분한 느낌의 종업원복이다.

꼼꼼하게 바느질된 진한 감색 원피스에 흰색 앞치마, 레이스가 달린 머리띠. 신발은 검은색 펌프스다.

얼핏 보면 하라주쿠 같은 곳에 있는 고스로리풍 여자아이 같기도 하다.

나는 이곳 유니폼이 꽤 마음에 든다.

아직 좀 부끄럽긴 하지만 이런 걸 은근히 동경했었다. 귀엽잖아, 이런 모습. 게다가 '일이니까 어쩔 수 없다'라는 변명거리도 있다.

나는 거울 앞에 서서 유니폼의 옷매무새와 머리띠 위치를 확인했다.

"응, 마음에 들어."

자화자찬에 가깝지만 나쁘지 않은 것 같다.

허리도 꽤 가늘고, 다리 라인 같은 것도 자신 있었기에 전반적으로 괜찮은 여자라는 느낌이 들었다. 표정 같은 걸 더 신경 쓰면, 봐, 그렇지.

이 모습을 하루 씨가 본다면 뭐라고 할까.

귀엽다고 말해주려나.

그 사람이니까 『시오리 쪽이 더 어울려』 같은 말을 하진 않을까. 들으면 상처받을 거야. 아니 하지만, 시이는 뭘 입어도 귀엽다는 게 치사하단 말이지.

"아야노, 준비 다 끝났어?"

"앗, 갈게요~!"

이이지마 씨가 얼굴을 내밀어 나는 황급히 출근 카드를 기계에 찍었다.

그리고 나와 이이지마 씨는 홀 직원 두 명(게다가 한 명은 연수 중인 나)이라는 상황에서 일요일의 붐비는 가게 안을 분주히 돌아다녔다.

마스터도 혼자서 주방을 돌고 있었기에 설거지가 금세 쌓여버려서 나나 이이지마 씨가 틈틈이 도왔다. 나도 설거지 정도는 할 줄 알았다. 시이를 도우면서 익숙해지기도 했고.

일이 좀 진정되기 시작한 건 점심 13시경.

그 시간이 되면 오후 시간 아르바이트생들도 오기 때문에 홀 직원도 4인 체제가 된다. 점심시간이라 손님이 꽤 있었지만 나중에 온 두 사람이면 충분히 감당할 수 있을 것 같았다.

"이이지마 씨, 카미키 씨, 우선 좀 쉬어."

마스터의 말에 나와 이이지마 씨는 겨우 한숨을 돌렸다.

휴식은 언제나 탈의실에서 했다. 탈의실에는 아르바이트생 사물함 외에도 싱크대와 직원 냉장고, 간단히 식사를 할 수 있는 4인용 테이블이 마련되어 있다.

"으아~, 오늘은 진짜 사람 많았다~."

이이지마 씨는 앞치마와 머리띠를 풀며 말했다. 마스터가 준비해 놓은 클럽 샌드위치가 테이블 위에 놓여 있다. 오늘의 직원용 식사다.

"앗, 맛있어 보여요~."

"아야노, 커피 마실래? 아니면 우유?"

이이지마 씨가 직원용 냉장고를 열며 말했다.

"아, 우유로 할게요."

"오케이. 그럼 나도 그걸로 할까."

이이지마 씨와 마주 보고 앉아 마스터가 만들어준 클럽 샌드위치를 집어 들었다.

나는 우유를 마시면서 집에 관한 일을 떠올렸다.

집이라는 건 당연히 하루 씨의 집이다.

하루 씨랑 시이는 이미 점심을 먹었을까? 하루 씨가 가게에 온다면 몇 시 정도일까? 그보다, 역시 오늘은 안 오는 걸까?

그런 생각을 하고 있는데 이이지마 씨가 어쩐지 즐겁다는 얼굴로 웃고 있었다.

"엇? 왜 그러세요?"

"귀여운 얼굴을 하고 있어서."

이이지마 씨에게 그런 말을 듣고 나는 "설마" 하며 자신의 얼굴을 만졌다. 아니, 전에 하루 씨한테도 귀엽다는 말을 들었으니까 역시 나는 그냥 귀여운 걸지도 몰라.

어떡해, 떠올리니 또 웃음이 난다.

입가가 움찔거렸다.

그런 나를 본 이이지마 씨가 쓴웃음을 지었다.

"아니, 확실히 원래 귀여운 얼굴이긴 하지만. 그보다 귀엽다는 자각은 있었구나. 자기 긍정 대단해~."

내가 뭔가 착각을 했나 보다.

뭐야, 좀 창피하네…….

나는 샌드위치를 집어 들며 물었다.

"저기, 그럼 무슨 의미로『귀여운 얼굴』이라고 하신 거예요?"

"사랑하는 소녀의 얼굴 같은? 누군가를 기다리는 것 같은 느낌."

"이이지마 씨, 에스퍼인가요?"

나는 이이지마 씨의 날카로운 통찰력에 깜짝 놀랐다. 에스퍼가 아니면 탐정이다. 분명 명탐정이 될 거야. 하지만 난 명탐정은 코난 정도밖에 모르는데.

"앗, 그럼 역시 누군가 기다리는 거구나. 누구야, 남친?"

"아니, 남친은 아닌데요~."

"오오, 뭐야, 뭐야~. 그럼 짝사랑 중인 상대야?"

이이지마 씨가 몸을 내밀며 물었다.

연애에 대한 화제를 좋아하는 걸까.

하기야 그런 걸 싫어하는 여자애는 없으려나.

대체로 다 좋아하지, 연애 이야기.

물론 이런 소리를 했다간 하루 씨한테 "그렇게 몰아가는 건 좋지 않아"라는 말을 들을 것 같아. 하루 씨는 그런 세세한 것까지 잘 지적하니까 말이지~. 그 영향인지 최근에는 뇌 속에 하루 씨 영역이 생겨나고 있었다.

"앗, 지금 또 누군가를 생각했지?"

"앗, 보였나요……?"

"아야노, 얼굴에 잘 드러나. 행복한 오라 같은 게."

"저, 정말요……?"

나, 그렇게 얼굴에 다 나오는 걸까.

정작 하루 씨에게는 전혀 통하는 느낌이 없는 것 같지만.

전해져야 할 곳에는 전해지지 않고 있지만.

"——그래서, 어떤 사람이야?"

이이지마 씨는 완전히 탐색 모드가 되어 있었다. 어떤 사람이냐고 물으면 대답하기 어렵지만, 나는 하루 씨에 대해 떠올려 봤다.

"으음, 가족 같은 사람……?"

"친해지기 쉬운 사람이라는 건가?"

"앗, 맞아요! 그런 느낌, 이에요!"

나는 붕붕 머리를 끄덕였다.

위험해, 위험해. 그만 생각한 대로 내뱉고 말았다. 하루 씨와의 관계는 너무 주변에 알리지 않는 편이 좋다. 이이지마 씨가 착각해줘서 다행이야. 그녀도 샌드위치를 집으면서, "흐음, 뭔가 의외네"라고 말했다.

"아야노는 뭔가 더 화려한 타입을 좋아할 거라 생각했는데."

"좋아하는 타입에 화려함이나 수수함 같은 게 있나요?"

"아니, 그래도 좀 있잖아. 배우 누구누구랑 닮았다든가, 음악을 한다든가."

"에이, 그런 건 뭔가 불순하지 않나요?"

"오, 세게 나오는데? 그보다 남친이 아니라고 했는데 어째서야? 아야노는 귀여우니까 평범하게 사귈 수 있잖아? 남자 고등학생 같은 건 사춘기 특유의 그런 생물이니까, 아야노한테 사귀자는 말 들으면 거절할 녀석 절대 없지 않아?"

"그런 생물이라니 뭐예요……."

나는 쓴웃음을 지으며 대답했다. 뇌 속의 하루 씨가 『세상의 모든 남고생에게 사죄해』라고 말하고 있다. 맞는 말이야.

과격파인 이이지마 씨는 더 소리를 높여 말했다.

"알겠어? 연애에 후퇴 같은 건 없어. 선수 필승이 있을 뿐이야. 망설이다간 도둑고양이한테 채일 뿐이라고. 의식시키는 게 중요해! 갑자기 키스해 버리는 정도가 딱 좋아."

이이지마 씨의 과격한 말에 나는 심장이 두근거렸다.

애써 태연한 척 우유컵에 입을 가져갔다. 차가운 컵의 감촉이 입술에 닿았다. 동시에 말에서 연상된 이미지가 뇌리를 스쳤다. 볼이 훅 뜨거워졌다.

『갑자기 키스해 버리는 정도가 딱 좋아.』

상당히 억지스러운 방법이다.

너무 비겁한 방식.

예상치도 못한 기습 공격.

그렇기에 분명 효과는 엄청날 거고, 반드시 의식하게 될 거다. 하지만———…

"하지만…… 분명 곤란하게 만들 테니까."

그렇게 중얼거리고 난 컵 가장자리에서 입을 뗐다.

컵에 닿았던 입술에 약간 서늘해져서, 나는 가볍게 만져보았다.

내 대답에 이이지마 씨는 "뭐야~, 요즘 젊은 애들은 신중하네~"라면서 웃었다. 그 말에 나는 "그냥 평범해요~"라고 웃으며 받아쳤다.

이어서 이렇게 말했다.

"그보다, 어떤 나이대라도 갑자기 키스하는 건 과격하다고 생각해요."

"엇, 그래? 내가 젊었을 땐 더 과격했는데. 학교에서도 막 유리창 너머로 뽀뽀하고 그랬는데?"

"아니, 그런 게 있다면 연애 테러리스트죠."

이런 식으로 떠들고 있다 보니 휴식 시간이 금세 지나갔다. 이이지마 씨가 "앗, 큰일났다"라며 클럽 샌드위치를 황급히 입에 넣기 시작했다.

"자, 아야노도 얼른 먹어! 점장님의 요리는 맛있으니까!"

"앗, 네엡!"

나도 함께 허겁지겁 먹으면서 똑같이 볼을 부풀렸다.

○

책장 정리에 착수할 생각이었지만, 장서의 눈사태에 휘말리는 바람에 일요일 오전은 순식간에 날아가고 말았다.

누구야, 무너지기 직전인 젠가보다 더 최악의 균형으로 책을 쌓아놓은 멍청이는.

쌓는 방법에 악의가 담겨 있잖아, 악의가.

나는 명석한 두뇌로 이 사태의 원인을 규명하려 했지만 아무리 발버둥 쳐도 내 얼굴밖에 떠오르지 않았다. 책임을 전가할 곳이 없다.

"뭐, 할 수밖에 없겠지…… 할 수밖에."

그렇게 돼서 의도치 않게 대청소를 하게 되었다.

내가 크기에 따라 책을 정리하거나 좋아하던 시집을 살짝살짝 보거나 하고 있는데, 옆방에 있던 시오리가 "찾으셨나요⋯⋯?"라며 얼굴을 내밀었다. 나는 정리를 시작하기 전보다 오히려 더 어질러진 방을 한번 둘러보고 난처한 듯 머리를 긁었다.

시오리는 침실의 참상에 어안이 벙벙한 얼굴로 눈을 깜빡거리다가 나를 돌아보았다. 웃는 그 얼굴에는 "어쩔 수 없는 사람이네요"라고 적혀 있었다.

시오리는 어쩔 수 없다는 미소를 그대로 띤 채 말했다.

"저기⋯⋯ 도와드릴게요."

"미안. 그럼 좀 도와줄래?"

그렇게 둘이서 정리하기 시작하자 작업의 효율은 비약적으로 상승했다. 시오리가 빠르게 크기나 출판사, 작가별로 책을 정리해준 덕분에 나는 선반에 다시 채워 넣는 작업에 전념할 수 있었다. 위에서부터 차례차례 책을 빼거나 하고 있는데,

"앗, 이거⋯⋯."

"응? 앗——그거야, 그거."

책장 맨 아래 선반의 안쪽. 세로로 쌓인 책탑의 뒤편, 숨기려는 의도밖에 느껴지지 않는 곳에 외장 HDD와 핸디캠이 함께 놓여 있었다. 발견하자 왠지 모르게 그때의 심정이 떠오르는 것만 같다.

당시엔 큰 결심을 하고 그곳에 봉인했던 것이다.

지금 와서 생각하면 역시 미련이 남는 결별 방법이다. 그런 옛날의 자신을 향해 "못 말리는 녀석이구나"라고 생각하며 쓰게 웃

었다. 조금 전 시오리가 지었던 표정과 비슷할지도 모른다.

"맞다. 시오리, 도와줘서 고마워."

"앗, 네…… 그리고 저기……."

"무슨 일 있어?"

내가 그렇게 묻자 시오리가 시계를 보고 나서 머뭇머뭇 말을 꺼냈다.

"아야노 양이 알바하는 곳…… 안 가실 건가요?"

"카페? 아아, 그렇구나. 근데 슬슬 시간이……."

나는 손목시계를 보았다.

14시 20분.

아사가야역까지 걷는 시간, 전철로 나카노역까지 가는 시간, 나카노역에서 카페까지 걷는 시간을 계산했다. 지금부터 준비하고 집을 나서도 도착까지 시간이 아슬아슬했다.

"아야노 양, 하루후미 씨가 와주신다면…… 분명 기뻐할 거예요……. 아무리 짧은 시간이라도."

내 계산을 꿰뚫어 보기라도 한 것처럼 시오리가 말했다.

나는 손목시계에서 눈을 떼고, 눈앞에 어중간하게 치워진 책장을 보았다. 문득 시오리와 시선이 마주치자, 그녀는 자애로운 미소를 지어 보였다.

○

"앗, 역시 카미키잖아."

아르바이트 휴식이 끝난 후였다. 내가 물을 주러 자리에 가니 모르는 남자애 두 명이 이름을 불러왔다.

참고로 우리 카페에서는 유니폼에 이름을 달지 않았다.

나는 "?"라는 얼굴로 일방적으로 이름이 불린 이유에 대해 짐작 갈 만한 곳을 찾았다. 어쩐지 하루 씨의 정기권을 주웠을 때가 생각난다. 하루 씨도 이런 느낌이었을까?

나는 두 남자의 얼굴을 멀뚱히 쳐다보았다.

나이는 아마 나랑 비슷한 정도?

한 명은 여드름이 눈에 띄는 스포츠머리의 남자아이다. 각진 턱에 햇볕에 꽤나 그을린 얼굴을 하고 있다. 튼튼한 체형에다 가무잡잡한 피부, 밖에서 운동을 많이 하는 걸까. 햇볕에 그을린 자국을 보니 모자를 쓰고 하는 경기 같다. 야구부 남자애인가?

또 다른 남자애는 창백했고 입가에 검은 마스크를 쓰고 있었다. 검은 머리를 단정하게 손질한 깔끔한 인상의 남자였다. 그의 손을 보니 눈에 익은 영어 단어장이 들려있다. 우리 학교에서도 쓰는 거다.

스포츠 군과 영단어 군.

나랑 같은 학교의 사람인 것 같다.

내 이름을 안다는 건 둘 중 한 명은 같은 반이라는 거겠지. 솔직히 반 애들이랑 거의 교류가 없어서 얼굴을 외우지 못했다. 내가 자고 있던 게 원인이긴 하지만.

"아―, 주문하시겠어요?"

나는 아르바이트의 정형 문구로 응대했다.

처음에 말을 걸어왔던 스포츠 군이 나를 빤히 쳐다보고 있다. 아무래도 유니폼을 입은 내 모습이 특이하게 보였나 보다. 그 모습을 영단어 군 쪽이 "너무 쳐다보잖아"라며 냉정한 음성으로 지적한다. 응, 나도 그렇게 생각했어.

스포츠 군이 지적을 받고 노골적으로 당황하기 시작했다.

"아니, 그치만 저기——."

"그치만이 아니지. 카미키 완전히 당황했잖아."

"저기, 주문은요?"

"저기, 앗, 그러니까, 아아——."

"아이스커피 두 잔이랑 클럽 샌드위치 하나로."

영단어 군이 우왕좌왕하는 스포츠 군 대신 주문을 전했다. 나는 주문용지에 메모하고 또다시 정해진 말을 복창했다.

"아이스 둘, 클럽 샌드위치 하나요. 이걸로 괜찮으신가요?"

"앗, 괜찮습니다! 앗, 저 같은 반의 키타하라입니다!"

"목소리 크다고, 멍청아."

조금 불편했지만 나는 매뉴얼대로 대응을 끝내고 카운터의 마스터에게 주문 내용을 전했다. 그러자 아까의 대화를 멀리서 보고 있었는지 이이지마 씨가 식기를 치우러 오면서 내게 말을 걸었다.

"기다리는 사람이야? 누구? 앗, 내가 맞춰볼까? 저쪽 민머리 남자애지?"

"땡, 어느 쪽도 아니에요."

"에이, 아쉽다~. 근데 스포츠 군 쪽, 완전히 마음 있는 느낌이던데. 완전히 대놓고 쳐다봤잖아. 아, 근데 미남인 건 저쪽의 쿨한 느낌의 아이려나."

"둘 다 아니에요. 절대 절~대 아니니까요."

나와 이이지마 씨가 이야기하고 있자 마스터도 "엣, 뭐야, 아는 사이?"라며 목을 뻗어왔다. 우리 카페는 연애 이야기를 굉장히 좋아하는 집단인 걸까.

"아는 사이면 카미키 씨가 가져다줄래? 자, 여기. 조금 정도라면 대화를 나눠도 괜찮으니까."

마스터는 신경을 써서 내게 아이스커피를 들게 했다.

일이기도 하고 가져가는 걸 거부하진 않겠지만.

나는 쟁반에 아이스커피 두 잔을 받쳐 들고 다시 한번 그 둘의 자리로 향했다.

"오래 기다리셨습니다. 아이스커피입니다."

"아, 감사함다."

영단어 군이 자연스럽게 받아들었다.

스포츠 소년인 키타하라 군은 여전히 안절부절못하고 있다.

거동이 수상한 키타하라 군이 팔꿈치로 영단어 군을 쿡쿡 찌른다. 무슨 신호인 건지, 키타하라 군을 대변하듯 영단어 군이 귀찮다는 얼굴로 물어왔다.

"카미키는 전부터 여기서 일했어?"

"아니, 바로 얼마 전부터."

"이 녀석이 뭔가 카미키랑 얘기해 보고 싶다는데."

"멍청아, 너 그렇게 직구로——."

나는 적당히 "아아, 응" 하고 응수했다.

무슨 말을 해야 할지도 몰랐고.

키타하라 군이 나와 무슨 이야길 하고 싶었는지도, 역시 모르겠다.

"……."

"……."

이야기해보고 싶다기에 잠시 기다렸지만 아무 말도 안 한다.

그냥 이유 없이 아르바이트 유니폼만 엄청나게 보고 있다.

키타하라 군이 빤히 쳐다보는 게 어쩐지 어색하고 불편해져서 나는 "맛있게 드세요"라고만 말하고 그 자리를 떴다.

시곗바늘을 확인했다.

14시 40분. 이제 슬슬 퇴근 시간이다. 그렇게 생각하면서, 은근슬쩍 바라보는 시선의 불편함을 참고 나는 남은 시간이 지나기를 기다렸다.

마음의 뚜껑을 덮고 묵묵히 일했다.

14시, 45분, 47분, 50분……. 째깍째깍, 째깍째깍.

매뉴얼대로 움직이며 정형 문구를 반복했다.

딸랑, 출입구의 벨이 울렸다.

이이지마 씨가 대응을 나가며 좌석으로 안내했다.

나는 치운 식기를 주방에 놓고 마스터에게 들은 대로 찬물을 쟁반에 담았다. 좌석까지 찬물을 가져가 마음을 비운 채 테이블에 내려놓았다.

"쟁반, 정말 그렇게 드네."

자리에 앉아 있는 사람이 말했다.

나는 "헉" 하고 무심코 소리를 뱉었다. "있었어?!"라고도. 하루 씨는 이쪽의 놀라움은 개의치 않은 채 메뉴를 보며 적당한 질문을 던져왔다.

"——그래서, 아가씨. 여기 추천 메뉴는요?"

"앗, 추천 메뉴는…… 스마일*?"

"근무처를 착각하신 거 아니에요? 아이스커피로 주세요."

"아이스커피 하나 말이죠. 아, 저기, 감자튀김도 함께 어떠신가요?"

"역시 착각하신 것 같은데. 커피로 충분해요. 그리고 유니폼 잘 어울려."

"아, 알겠습니다. 헤헤…… 아이스커피로 끝이신 거죠?"

나는 주문을 메모하고 들뜬 발걸음을 애써 참으며 마스터에게 향했다.

나의 접객을 보고 있던 이이지마 씨가, "연상이 타입이구나"라는 말을 흘렸다. 딱히 그런 건 아닌데.

그래도 근무 중이었기에 난 그냥 웃어넘겼다. 나이가 많아서가 아니라, 하루 씨니까 웃을 수 있는 거다…… 라고 하면 너무 자랑 같으려나.

○

*일본 맥도날드의 유명한 마케팅 문구 중 하나로 '스마일은 무료'라는 말이 있다.

아야노가 일하는 가게에 도착한 게 14시 55분.

정말 아슬아슬한 타이밍이었다.

시오리는 집에 남아 책장 정리를 끝까지 해주고 있었다. 갈지 말지 망설이던 내게 시오리 쪽에서 "정리는 제가 할 테니 다녀오세요"라고 먼저 말해준 것이다. 정말이지 자애로움 그 자체다.

어딘가의 야마데라 씨보다 훨씬 더 『마리아』라는 느낌이다.

그래서 나 혼자 아야노의 근무처까지 왔는데, 그녀는 정말 열심히 일하고 있었다. 내가 방문한 것도 눈치채지 못하고 묵묵히 작업에 전념하고 있었을 정도다.

그 모습에 나는 남몰래 감탄했다.

한동안 가만히 일하고 있는 아야노를 관찰했다.

세련된 색상의 종업원복은 늘씬한 아야노와 잘 어울렸다. 입을 다물고 새침한 얼굴을 하고 있으니 전혀 다른 사람처럼 보였다. 그것은 아사가야역에서 처음 만났을 때도 봤던 얼굴이다. 저 새침한 얼굴과 웃는 얼굴의 갭에는 보는 이의 마음을 쉽사리 파고들게 하는 매력이 있었다.

『앗, 추천 메뉴는…… 스마일?』

그렇게 말하기도 전부터 아야노는 웃고 있었다.

요즘엔 익숙해진 그녀의 미소가 매력적이라는 것을 새삼 깨달았다.

아야노는 역시 웃는 게 잘 어울려.

내가 커피를 마시는 동안 아야노는 퇴근을 맞이했다. 내가 계산을 끝내고 가게 앞으로 나오자 아야노는 사복으로 갈아입은 채

심심하다는 얼굴로 기다리고 있었다.

"오래 기다렸지. 확실히 맛있더라, 커피."

"에헷, 그렇지?"

"아야노는 이미 몇 번 마셔봤어?"

"첫날에 마스터가 내려줬어. 엄청 썼어!"

"심플한 감상이네……."

라는 말을 하면서 아야노와 합류해 함께 걷기 시작했다.

나카노역에서 주오선을 타고 아사가야역까지 이동한다.

그동안 아야노는 계속 기분이 좋아보였다.

아사가야역에 도착해 개찰구를 빠져나오자 한두 방울씩 소나기가 내리고 있었다.

나는 우산을 가져오는 걸 깜빡했다. 아야노의 우산에 편승하기로 하자. 아야노는 "정말~, 시이가 아침에 말했잖아. 올지도 모른다고"라고 투덜거리면서도 씩씩하게 우산을 펼친다.

나는 아야노에게 우산을 받아들고 그녀가 젖지 않도록 기울여주었다.

내 어깨는 약간 비에 젖었다. 그 정도는 어쩔 수 없지.

그렇게 생각하고 있는데 아야노가 "어깨 젖었어"라고 중얼거리며 나에게 착 달라붙어 걷는다. 어깨와 어깨가 맞닿는 거리. 나는 "야"라며 주의를 주었지만 아야노는 "괜찮아, 괜찮아"라며 개의치 않고 계속 걸었다.

"유니폼 예뻤지?"

"응, 잘 어울리더라."

"사진 안 찍어도 됐어?"

"아니, 그 장소에서 사진을 찍었다간 진짜 수상한 느낌밖에 안 들잖아."

"그런가, 그럴지도 모르겠네."

아야노는 그렇게 말하며 정면을 향해 걸었다.

기분 탓인지는 몰라도 옆을 걷는 그녀의 귀가 홍조를 띤 것처럼 보였다.

"응? 너 뭔가 얼굴 빨갛지 않아?"

"핫, 벼벼벼, 별로 안 빨개졌는데?"

"아니, 빨갛잖아. 너 피부 하얘서 빨개지면 눈에 잘 보여. 그보다 그건가. 또 열이 나는 건 아니겠지?"

나에겐 데려왔던 첫날에 쿵 하고 쓰러진 기억이 선명하게 남아 있다.

갑자기 불안해졌다.

그래서인지 순간적으로 우산을 들고 있지 않은 손으로 아야노의 이마를 만지고 있었다. 아야노는 "히얏" 하고 작게 비명을 질렀다. 그 직후, 나에게 우산을 빼앗아 들고 거리를 뒀다. 나는 당연히 "뭐 하는 거야"라고 말했지만 아야노가 더 굉장한 기세로 화를 냈다.

"하루 씨는 연애 테러리스트야!"

알 수 없는 비난을 퍼붓는다. 뭐야, 그게.

잘은 모르겠지만 굉장히 불명예스러운 두 단어인 것 같았다.

"그보다 야, 우산 씌워줘. 다 젖잖아."

"지금 건 하루 씨가 잘못한 거잖아?! 다 하루 씨가 나빠! 젖으면서 가!"

"아아— 네네, 아무튼 안에 들여 주고 나서 이야기하자."

"아, 안 돼! 지금은 진짜로! 안 돼!"

알 수 없는 실랑이를 벌이면서 나와 아야노는 집으로 돌아갔다.

참고로 도중에 우산을 들었다가 밀었다가 당겼다가 하면서 돌아왔기에 결국 둘 다 완전히 젖어 버렸다. 우산의 의미가 전무했다.

"어서 오, 세요……?"

우산이 있었음에도 흠뻑 젖어 돌아온 우리를 보고 시오리는 난처한 듯──그리고 어쩔 수 없다는 듯 웃어 보였다.

# 제 6 화 ⭘ 타니가와 필름

일요일 밤, 나는 거실 테이블에서 지난번 발굴한 외장 HDD를 내 노트북과 연결했다.

데이터 안에는 내가 학창 시절 찍었던 많은 영상들이 남아 있었다.

짧은 광고부터 다양한 분량의 영상 작품. 풍경만 찍거나, 동아리 행사를 기록하거나, 영상의 내용은 각양각색이다.

시험 삼아 동아리의 일상 풍경을 찍은 영상을 재생하자, 이미 오랜 시간 만나지 못했던 옛 친구들이 심야의 도쿄를 행진하고 있었다. 이건 분명 알코올이 들어가 반쯤 망가진 친구들과 이케부쿠로의 쓰레기 소각로까지 걸어갔을 때의 영상이다.

이 소각로——토시마 청소 공장 아래엔 쓰레기 처리 후 잔열을 활용해 만든 온수 풀 같은 것도 있었고, 소각로 건물 자체도 특징적이라 목적은 그 탑과 같은 외관을 보는 것이었다.

나카노 근처에서 잔뜩 술을 퍼마신 뒤 이케부쿠로까지 걸어갔다.

당시의 나는 어디를 가든지 핸디캠을 들고 있었기에 재미있을 것 같은 느낌이 들면 바로 카메라를 켰다. 가끔 친구에게 카메라를 빼앗겨서 촬영자인 자신도 보인다. 알코올로 흐느적대는 나는 뭐랄까…….

"……깜짝 놀랄 만큼 바보 같네."

스스로도 놀랄 만큼 지성이 없어 보이는 얼굴이었다. 그와 동시에 대학을 졸업한 이후 보는 익숙한 면면에 나는 감상적인 기분이 되고 말았다.

"앗, 하루 씨 뭐 봐?"

샤워를 막 마친 아야노가 내 등 뒤에서 PC 화면을 들여다본다. 아야노의 머리는 아직 젖어 있었고, 머리에는 목욕 수건을 두르고 있다. 샴푸 냄새가 시오리랑 똑같다. 최근 두 사람이 마음에 든 제품을 함께 쓰고 있는 것 같았다.

참고로 시오리는 아야노와 교대해 이미 욕실에 들어가 있었다.

"대학 시절 영상. 그립다 싶어서."

"소문의 하루 씨 영화?"

"아니, 이건 그냥 추억 필름이야. 게다가 엄청 바보 같은 거."

"바보 같은 거라니?"

나는 아야노를 위해 소파의 공간을 비워주었다.

아야노가 신난다는 얼굴로 내가 내준 공간에 자연스럽게 자리를 잡고 앉았다. 그대로 몸을 내밀고 노트북 모니터를 들여다보았다. 말 그대로 바보 같은 남학생들의 난동을 보며 그녀는 흥겹게 어깨를 들썩였다. 화면을 가리키며 묻는다.

"이 사람은 친구?"

"같은 동아리 사람들. 이쪽이 요시다고 이쪽이 고다. 내가 동아리에 있을 적엔 쓸데없이 『다』가 붙는 녀석들이 많았어."

"이거 내가 봐도 괜찮은 거야?"

"얼마든지. 아, 하지만 영화는 내가 없는 곳에서 봤으면 좋겠네."

"왜~?"

"민망하니까."

딱히 대충 만든 건 아니지만, 과거 내 작품의 서투르고 거친 느낌을 참기 힘들었다. 그 반성이나 후회를 다음 작품을 만들기 위한 원동력으로 삼기는 했었지만.

"참고로 추천할 만한 거 있어?"

"글쎄. 평범하게 상 받은 게 좋지 않겠어?"

"흐음, 어디 있는데?"

나는 컴퓨터 모니터를 가리켰다.

그때 시오리가 "목욕 끝났어요……"라며 목욕을 마치고 나왔다. 시오리는 목욕수건을 머리에 두르고 목욕 후의 향기를 두른 채 소파 뒤로 다가왔다.

"시이도 볼래? 하루 씨, 좀 더 이리로 와."

아야노의 말대로 나는 아야노 쪽으로 다가가 시오리가 앉을 공간을 비워주었다.

시오리도 조심스럽게 자리를 잡고 앉았다.

좌우로 시오리와 아야노에 끼인 채 나는 작은 노트북을 조작했다.

자체 제작 영화는 내가 없는 곳에서 본다고 하고, 뭔가 보여줘도 곤란하지 않을 만한 게 좋지 않을까. 그런 생각을 하며 눈에 띄는 데이터를 적당히 더블 클릭했다. 일상의 풍경을 담은 거라면 무난하게 볼 수 있을 거라 생각한 것이다.

"앗…… 대학 시절 영상인가요……?"

"아까는 친구들이랑 밤 산책을 하더니 이번엔 낮이네."

"이건 언제였더라."

셋이서 작은 모니터를 들여다보았다. 좌우에서 아야노와 시오리의 얼굴이 다가오며 양쪽에서 같은 샴푸 향기가 났다. 코끝이 약간 간지러웠다.

얼굴이 가깝다는 것을 의식하지 않기 위해 나는 모니터 영상에 집중했다.

그것은 어딘가에 있는 공원이었다.

계절은 나무들의 분위기로 짐작하건대 가을 초입이려나.

단풍이 든 수목. 노 젓는 보트가 떠다니는 연못. 이런 특징을 봐서는 키치조지에 있는 이노가시라 공원인가. 주오선을 따라 쉽게 다다를 수 있어 학창 시절엔 딱히 볼일도 없으면서 걷고는 했었다. 아아, 맞다.

내가 이노가시라 공원에 올 땐 대체로 약속한 것처럼 함께──.

『하루후미 군, 이거 정말 찍는 건가?』

모니터상에서 한 여성이 그렇게 말한다.

짙은 갈색의 긴 머리를 바람에 나부끼며, 스키니 팬츠 위에 새하얀 롱코트를 걸친 여성이 애교 있는 미소를 지으며 돌아보았다.

우미노 치사토였다.

단풍 속을 걷는 우미노의 영상이 이어졌다.

그녀의 걸음걸이는 털털하고 어딘가 리드미컬했다. 긴 코트를 입고 시원스레 걷는 모습은 아무것도 하지 않아도 그럴싸했다. 연극적인 느낌이 드는데도 묘하게 근사하다. 소설도 영화도 애니메이션도 즐기지 않는데 그녀는 누구보다 그림이 되는 인물이었다.

그 영상은 마치 우미노의 광고 영상 같았다.

카메라맨은 당연히 나였다.

연극풍의 말투, 과장된 몸짓, 당당히 가슴을 편 늠름한 모습, 우미노의 좋은 부분을 남김없이 찍은 것 같은 편집적인 카메라 워크. 자작의 서투름이 보일 것 같은 나이였지만, 이 영상만큼은 지금 봐도 굉장히 잘 찍혀 있었다.

무엇보다 목적의식이 뚜렷했다.

이때의 나는 분명 우미노의 매력을 비추는 것 외에는 아무것도 생각하지 않았다.

오히려 그게 더 좋았다는 걸 지금이라면 알 수 있다.

지식이 부족했던 만큼 단순한 기법으로 연출하는 게 오히려 더 좋았던 거다.

"……응?"

문득 깨달았다. 영상을 보고 있는 양 사이드가 묘하게 조용하다.

그렇게 생각한 순간 아야노와 시오리가 양쪽에서 꾹 조여왔다.

나는 소파 위에서 물리적 입지가 좁아졌다.

"아니, 그렇게 다가오지 않아도 모니터는 보이잖아?"

"……."

"……."

"아야노 씨? 시오리 씨?"

두 사람은 뚫어져라 모니터를 응시하고 있다.

그러고 보니 두 사람은 졸업 앨범을 봤으니 우미노의 얼굴이 기억에 있을지도 모른다. 고등학교 졸업 앨범에 같이 찍힌 사진이 몇 장인가 있었을 거다.

"……."

"……."

영상이 끝나도 두 사람은 모니터를 물끄러미 바라본 채 감상 한 마디 없다.

그런가 싶더니 양 사이드에서 꾹꾹 거리를 좁혀왔다.

나는 어깨를 움츠리며 "어땠어?"라고 감상을 요구했다. 두 사람은 뾰로통하게 볼을 부풀린 채 얼굴을 마주 보았다. 어째서인지 굉장히 분개하고 계신다.

그건가.

여자애 앞에서 다른 여자애 이야길 하면 혼난다는 그건가.

근데 이건 아주 오래전 영상이다.

지금 혼나도 어쩔 도리가 없었다.

다만 그런 나의 변명 따위는 통용될 리 없었고, 침실로 이동할 때까지 한동안 아야노와 시오리는 나를 사이에 두고 침묵과 함께 나를 압박해왔다. 화난 여고생과 여대생 사이에 끼인 한심한 사회인은 소심하게 어깨를 움츠릴 뿐이었다.


그리고 다음 날 아침, 나는 시오리에게 외장 HDD를 맡기고 출근했다. 타카코 후배와 약속한 데이터를 주기 위해서였다. 필요한 데이터를 복사하고 HDD는 시오리가 다시 갖고 돌아올 예정이었다.

휴일 바로 다음 날의 업무는 여느 때와 같이 바빴다.

나는 묵묵히 업무를 이어갔지만, 일하는 도중 우연한 순간 영상이 망막 위로 떠올랐다. 어제 본 우미노를 찍은 영상이다. 자연스럽게 대학 시절 일까지 생각이 미쳤다. 키치조지에서 우미노를 찍었던 때를.

아직 상을 받기 전의, 짧은 추억.

남들이 봐도 감상도 나오지 않을 것 같은 보잘것없는 영상이다. 찍은 당사자조차 오랫동안 잊고 있었다.

책장 맨 아래에 가두고 있던 15분 정도의 단편적인 기억.

거기에 딸려 나오듯 끊임없이 기억이 쏟아졌다.

예를 들어 둘이서 얘기한 하나의 도시 전설.

『이노가시라 공원에서 보트를 탄 커플은 헤어진다』

도시 전설이라기보단 사소한 징크스에 가깝다.

남에게 잘못을 끼치면 벌을 받는다, 같은 신빙성 제로의 이야기.

그 보트의 징크스를 누구에게서 들은 건지 지금은 잘 기억나지 않는다. 우미노는 코웃음을 쳤다. 『그런 건 말도 안 된다』면서. 하지만 나는 그 말을 굳게 지키며 우미야가 몇 번이나 권유해도 절대 보트는 안 탔다. 타지 않았다.

──타는 게 좋았을까.

그런 것들을 간만에 떠올리며, 나는 바보 같은 그 생각을 조용히 웃어넘겼다.

○

대학 강의를 마친 후.

저는 하루후미 씨의 HDD를 타카코 선배에게 전하러 갔습니다.

타카코 선배의 하숙집은 대학에서 도보 10분 정도 걸리는 곳에 있습니다. 자동문이 달린 깔끔한 외관의 건물로, 저는 출입구로 들어가 선배의 집 번호를 호출했습니다.

『네에~, 누구세요~.』

"저기, 쿠로모리입니다⋯⋯."

『앗, 시오리구나~, 지금 열어줄게~.』

그 말이 끝나자마자 바로 입구의 자동문이 열렸습니다.

저는 안으로 들어가서 엘리베이터를 타고 타카코 선배의 집이 있는 층으로 향했습니다. 층에 도착하니 선배가 문을 열고 기다리고 있었습니다.

지친 얼굴의 타카코 선배가 반쯤 열린 문틈으로 얼굴을 내밀고 손짓하고 있습니다.

저는 선배의 집 앞까지 빠르게 걸어갔습니다.

"이거 미안해~. 내가 대학까지 받으러 가면 좋았을 텐데, 마감이 여러모로 밀려 있어서~, 일단 들어와."

가벼운 겉옷을 걸치고 있는 타카코 선배는 그렇게 말하며 저를 집으로 들였습니다.

선배의 집 배치는 하루후미 씨의 1DK와 비슷합니다.

다만 하루후미 씨의 집보다 훨씬 더 많은 물건들로 넘쳐나고 있습니다. 코스프레 의상용 천이나 재봉틀, 격투 게임용으로 산 아케이드 컨트롤러, 영화 편집에 사용한다는 애플제 컴퓨터, 그리고 헌책방의 냄새가 밴 책들.

"어질러져 있어서 미안해~."

"아, 아뇨…… 정리는 되어 있는걸요."

발 디딜 틈이 사라지기 직전까지 절묘하게 통제된 공간이었습니다. 물건이 많아서 언뜻 보면 어질러진 것처럼 보이지만 자세히 관찰하면 일정한 규칙성이 있습니다. 네코는 자주 묵으러 온다고 하던데 이 방안 어딘가에서 자고 있는 걸까요.

"시오리는 일단 거기 방석에 앉아~. 지금 차 내올게."

"아, 신경 쓰지 마세요. 그리고 저기, 이걸……."

저는 통학용으로 사용하는 가방에서 외장형 HDD를 꺼냈습니다.

타카코 선배는 차를 내 앞에 놓은 후, "고마워"라며 두 손으로 받아듭니다. 그대로 바닥에 쌓여 있는 책을 피해 컴퓨터 쪽으로 향했습니다.

타카코 선배는 HDD와 컴퓨터를 연결하며 가벼운 어조로 물었습니다.

"그러고 보니 시오리는 이미 봤어~? 선배 영화."

"앗, 아뇨, 영화 쪽은 아직…… 어떤 내용인지도 못 들었고……."

하루후미 씨는 다른 사람의 작품에 대해서라면 수다스러울 만큼 말씀해 주시지만, 자신이 찍은 것에 대해선 입을 굳게 다물고 계셨습니다.

아야노가 말하기를 "부끄럼대"라는 것 같습니다.

제가 그렇게 말하자 타카코 선배는 컴퓨터를 조작하며 "눈에 선하네~"라며 웃었습니다.

"타니가와 선배는 그렇게 말할 것 같아~. 작품적으로도 말이지."

"어떤…… 내용인가요?"

"아니, 응. 나는 엄청 좋았는데~. 뭐랄까~, 피사체에 대한 정념 같은 게 넘쳐난다고 할까~."

"……피사체에 대한 정념?"

"백문이 불여일견이라고, 설명 없이 한 번 봐봐. 그리고 감상 들려줘~."

타카코 선배는 "자, 복사 끝났다"라고 하며 HDD를 저에게 돌려주었습니다.

저는 그것을 받고 마감 직전까지 코스프레 의상을 만들고 있는 타카코 선배를 방해하지 않기 위해 빠르게 집을 나왔습니다. 그리고 저녁 장을 보고 아사가야에 있는 1DK로 돌아가기로 했습니다.

○

하루 씨의 영화를 보기 시작한 건 시이가 만든 저녁 식사 후였다.

시이와 소파에 사이좋게 앉아 하루 씨의 노트북을 빌려 영화를 재생했다. 영상의 재생 위치를 알려주는 탐색바를 보니 영화는 한 시간도 안 되는 길이였다.

영화는 심야의 거리를 걷는 두 여성의 이야기였다.

네온사인이 빛나는 신주쿠의 밤이나 셔터가 내린 캄캄한 아사쿠사, 우에노 공원이나 고가도로 아래. 그런 도쿄의 거리를 두 명의 여성이 걷고 있다. 등장인물은 그 둘 정도였고, 대화하는 장면도 불퉁한 대화가 오갈 뿐이었다.

담담하게 두 여성이 걷는 이야기. 그리고, 가끔 서서 먹는 소바를 먹거나 한다.

그런데 이상하게 졸리지는 않았다.

질리지도 않고 계속 볼 수 있었다.

그것은 어제 본 영상과도 닮아 있었다.

실제로도 같은 사람이 영상에 비치고 있다. 그 사람이 아무튼 멋있었다.

서서 먹는 소바 집에서 후루룩 국수를 홀짝이는 여자는 어쩐지 정취가 있었다. "어디가?"라고 물으면 대답하기 어렵지만, 부끄러워하지도 않고 폼을 잡지도 않고 소박하게, 그저 스스럼없이 후루룩하고 소리를 신경 쓰지 않은 채 홀짝이는 모습이 멋있었다.

그런 영상이 한 시간 가까이 이어졌다.

여성이 근사해 보이도록. 매력적으로 나올 수 있도록 필사적으로 생각하고, 어떻게든 짜 맞춰서 하나의 형태로 만들어 봤습니다, 라는 느낌의 영화였다.

영화 같은 건 전혀 모르는데도 『그렇구나』라고 이해하게 되는 게 신기했다.

그리고 한 가지, 인상에 남은 것이 있다.

그렇다기보단 알아버린 것이다.

하루 씨는 정말로──이 여자를 좋아했구나.

하루 씨의 눈에 비친, 좋아하는 사람이 있는 풍경이 그 영화의 전부였다.

그 여자가 비치는 것만으로도 나는 즐거웠다.

그 여자가 시야 안에 있다는 것만으로도 자연스럽게 기쁨이 차오르는 것 같은 기분이었다.

그녀가 무심코 하는 동작 하나하나가 리드미컬하고 편안했다.

보는 이로 하여금, 자신이 보는 것과 마찬가지로 한 명의 여성에게 사랑을 느끼게 한다.

긴 대사도 설명 같은 이야기도 필요 없었다.

그것은 굉장한 일이다.

영화를 잘 모르는 나도 그렇게 생각했다.

짤막한 크레딧이 나오며 영상은 종료됐다.

영상의 재생이 멈추자 방은 고요해졌다. 나와 시이는 아마도 지금 같은 기분일 거라 생각했다. 그래서 나는 그걸 확인하듯 물었다.

"저기, 시이."

"……왜요?"

"어쩐지 이거, 좀 괴롭네."

"……네."

이 영화를 보고 이렇게 가슴이 괴로워지는 건 나와 시이 정도일 거다.

나와 시이 한정으로, 특별히 가슴에 박히는 문제작이었다.

"그나저나 하루 씨 잘도 이런 걸 권했네."

"앗…… 그건 저도 생각했어요…… 좀 심한 것 같죠……?"

내가 분개하자 시이도 볼을 부풀린 채 고개를 끄덕였다.

어제의 영상에 이어 이건 상당한 문제였다.

소녀 감성에 대한 침해.

나와 시이는 같은 감상을 나누며 똑같이 분개했고, 그리고 누가 먼저랄 것 없이 다시 한번 영화를 재생했다. 언젠가, 이런 식으로 바라봐준다면——그렇게 생각하고 마는 것도 분명 똑같았을 테니까.

○

퇴근길의 전철에서 나는 차창 밖을 내다보고 있었다.

밤거리, 사람들의 생활에 불이 들어오고 있다.

밤거리를 보고 있으려니 자신이 찍은 오래된 영화들이 떠올랐다. 시오리와 아야노는 벌써 그걸 봤을까? 옛날에 작은 장려상을 받았던 영화다.

지금 생각하면 영화라고 부르기도 주제넘을 정도의 물건이었다.

하지만 상도 탔으니 그렇게 부르는 것 정도는 허락해 주길.

학창 시절엔 무식하게 이것저것 만드는 타입이었지만, 우미노를 찍은 영화는 그것뿐이었다.

그럴 만도 했다.

자신의 연인을 끊임없이 계속 찍는다는 것은 좋지 않다. 몇 번이나 할 수 있는 것이 아니었다.

냉정하게 생각하면 상당히 민망한 것이다.

찍는 쪽의 정신적으로도, 찍히는 쪽의 정신적으로도.

우선, 저 한 편을 찍는 것도 내키지 않아 한 우미노에게 사정사정해서 찍은 것이었다. 우미노는 따로 영총회에 들어가 있는 것도 아니었고 여배우 지망생도 아니었으니까. 게다가 그 한 편을 다 찍고 난 후 나와 우미노는 점점 소원해졌다.

기본적으로는 내 자업자득이다.

아니, 완전한 나의 자업자득이었다.

학창 시절의 나는 창작 의욕에 완전히 불타는 흔히 있는 패턴의 사람이었다.

자나 깨나 하나만 파는 타입 말이다.

지금이라면 알 수 있다. 나는 『노력』을 완전히 잘못 이해하고 있었다.

내게 있어 노력이란 그 이외의 모든 걸 쳐내는 것이었다. 여분의 것을 잘라내고, 잘라내고, 생활의 전반을 적당히 흘려보내며 모든 걸 쥐어 짜내야 비로소 보이는 풍경이 있다고 굳게 믿고 있었다.

재능이 없는 나에게는 그런 싸움 방식밖에 없다고 생각하며 내 목숨을 땔감으로 바꿔 불을 지피는 듯한 삶을 선택했다. 정말 얼토당토않은 소리다.

우미노는 충고해 주었다.

영화에 지나치게 빠져들어 여위어가는 나를 보며 상냥하게 말려주었다.

잘못된 길로 가지 말라고 손을 뻗어주었다.

그 무렵의 나는 몇 편의 영화를 만들어도 그 완성도에 만족할 수 없는 상태가 되어 있었다.

만들수록 결점만 눈에 띄어서 개선점을 찾아내려고 무한히 시간을 할애하기만 했다. 끝없는 마라톤을 피를 토하면서 계속 이어가는 것과 같다. 『그 앞에, 네 행복이 있는 건가』라고 물었던 우미노의 얼굴이 지금도 기억난다. 그런데도 결국, 나는 그녀가 내민 손을 잡지 못했다. 스스로를 멈출 수 없었다.

『아사가야, 아사가야――』

차내 안내 방송에 내 의식은 현실로 다시 돌아왔다.

황급히 플랫폼으로 내려 개찰구로 향했다.


○


우리 집인 1DK로 돌아가는 길.

나는 또다시 아야노의 보험증에 적혀 있던 맨션을 방문했다.

대답 없는 집의 초인종을 질리지도 않고 누르기 위해.

돌아오는 길에 들르는 이 행동도 최근에는 어딘가 기만과도 가까운 의식이 되기 시작했다. 자신의 선함을 허공에 대고 증명하는 습관이다. 그런 걸 자각하면서도, 그럼에도 반복하는 건 어중간한 사회인의 고집일지도 모르겠다.

"――우미노."

맨션 앞에서 그 사람의 모습을 보자마자 내 입은 자연스럽게 그 이름을 부르고 있었다. 흰색 계열의 정장을 입은 큰 키의 여자.

갈색의 긴 머리를 등 뒤로 넘기며 어딘가 연극적인 동작으로 되돌아본다. 우미노 치사토.

밤거리 속에 서 있는 치사토는 그 무렵 그대로라, 그 모습에 어쩐지——말문이 막혔다.

"신기한 우연이구나. 여기서 또 만나다니."

"잠깐 퇴근길에 들렀어. 그쪽은?"

"일 때문에 왔는데 아무래도 운이 나빴던 것 같다."

그렇게 말한 우미노는 등 뒤의 높은 건물을 쳐다본다.

아야노의 보험증에 기재되어 있는 맨션이다. 우미노의 업무 상대는 역시 여기에 살고 있나 보다. 하지만 지난 일요일 이후로 계속 헛걸음을 하는 것 같다.

"힘드네, 변호사 일도."

나는 그렇게 말하면서도 가슴속에 알 수 없는 불길한 예감을 품고 있었다.

변호사에게 의지할 필요가 있는 상태이면서 반응이 없는 집.

짚이는 곳이 있었다.

요 한 달 동안 계속 답이 없는 집을 나는 한 곳 알고 있다.

"업무상의 일이라 말하기 어려울 수도 있겠지만."

떠보듯이 내가 말했다.

목소리가 떨리지 않게, 수상하게 느껴지지 않도록 애써 태연한 목소리로.

"여기 오는 건 누구의, 무슨 용건 때문이야?"

내 말에 우미노는 잠시 생각에 잠겼다. 제삼자에게 의뢰인 이야기는 할 수 없다.

거기에 더해 우미노는 내 질문의 의미를 찾고 있다.

내가 이런 말을 꺼내는 건 왜일까. 보통 그런 걸 묻는 걸까.

머리가 비상한 우미노였다. 무엇인가를 깨닫는다.

"당연히 업무상의 일은 세부적인 것까지 말할 수 없지만."

우미노는 그런 서두를 던지고는 말을 이었다.

어딘가 진지하고, 침통한 표정을 하고.

무언가를 살피는 듯한 눈빛으로.

"연락이 되지 않는 상대가 있는데 나는 그 사람이랑 연락을 하고 싶어. 집은──."

내 심장이 쿵쾅쿵쾅 뛰었다.

그런 우연이 있을 수 있을까. 그렇게 생각하면서도 처음부터 우연이 아니라고 생각했다. 이곳엔 문제를 안고 있는 소녀가 있었고, 그리고 문제를 해결할 수 있는 변호사가 와 있었다. 그 조합 자체는 전혀 이상할 것이 없다. 오히려 그것이 적합한 절차였다.

트러블 슈터. 중재자이자 정리역.

그리고 무엇보다 변호사.

끊임없는 공부를 통해 난관의 시험을 돌파한, 문제 해결의 전문가다.

──정말 의지해야 할 사람은 내가 아니었다.

언젠가 삼켰던 말이, 뒤늦게 퍼지는 독처럼 스며들기 시작했다.

# 제7화 ○ 1DK 위기

"하루 씨, 오늘은 늦네~."

목욕을 마친 아야노 양이 소파에 앉으며 말했습니다. 말하면서 하루후미 씨의 침낭에 발을 넣었다 뺐다 하고 있습니다. 아야노 양은 마치 하루후미 씨의 기척을 무의식적으로 찾고 있는 것 같았습니다. 애타게 기다리고 있는 모습입니다.

대학 리포트를 하고 있던 저는 스마트폰으로 시간을 확인했습니다.

현재 시각은 22시.

확실히 최근의 하루후미 씨치고는 늦은 시간입니다. 게다가 평소 같으면 21시보다 늦는 날은 연락을 주시는데 그런 연락도 없습니다.

"손을 놓을 수 없는 일이…… 있으신 걸까요?"

"월요일부터 힘들겠다~, 하루 씨."

아야노 양이 스멀스멀 침낭에 들어가면서 말했습니다. 소파 위로 데굴거리며 올라가더니 현관 쪽을 봅니다. 문은 움직일 기미가 없습니다. 역시 애타게 기다리고 있습니다.

"어떻게 하실래요? 늦어질 것 같으면 먼저 쉬어도……."

저는 아야노 양에게 그런 제안을 했습니다.

아야노 양은 소파를 뒹굴뒹굴 구르면서 "으음~" 하고 고민합니다. 모처럼 하루후미 씨의 영화를 봤으니 소감을 말하고 싶은 것 같습니다.

목욕 전부터도 굉장히 기대하고 있었으니까요.

아야노 양은 아침에도 나가는 게 가장 빠르기 때문에 하루후미 씨와 이야기할 수 있는 시간은 휴일을 제외하면 밤의 짧은 시간 뿐입니다.

그런 만큼 하루후미 씨의 귀가를 항상 기대하고 있습니다.

"오늘 밤은 좀 더 기다려볼까……."

아야노 양은 침낭에 얼굴까지 완전히 푹 파묻혀서는 조금 졸린 듯이 말했습니다. 저는 그런 그녀의 모습을 흐뭇하게 바라보다 전기 포트를 집어 들며 제안했습니다.

"그럼 커피를 탈까요? 졸음 쫓는 용으로……."

"응. 시이, 고마워~……."

아야노 양은 졸린 눈을 비비며 기쁘게 웃었습니다.

○

나와 우미노는 아야노의 맨션 앞에서 이동했다. 역으로 돌아가 대화할 만한 장소를 찾아 패밀리 레스토랑에 들어갔다.

안내 직원에게 가볍게 양해를 구하고 우리는 가게의 구석진 좌석에 앉았다. 자리에 앉자마자 우미노는 정장 상의를 벗으며 마주 앉은 나에게 물었다.

"하루후미, 식사는 했나?"

"아니, 아직. 그쪽은?"

"나도 아직이다. 뭔가 가벼운 걸로 시킬까?"

우미노가 요깃거리가 될 만한 음식을 몇 개 정도 고른 뒤 주문 벨을 눌렀다. 동작에 거침이 없고 행동이 변함없이 재빠르다. 주문을 받으러 온 점원이 떠나는 걸 기다렸다가 우미노는 즉시 말을 꺼냈다.

"하나씩 확인해 볼까. 카미키 아야노 씨는 지금 하루후미 군의 집에 있는 거지?"

"응, 그래."

나와 우미노는 맨션 앞에서 서로 확인을 마쳤다. 우미노가 방문하려고 했던 집 호수가 아야노의 보험증과 일치했기에 내가 먼저 그녀에게 털어놓았던 것이다.

만약 털어놓지 않았다 해도 조만간 우미노가 경찰에 연락을 넣거나, 아야노가 다니는 고등학교에 연락을 넣든지 해서 아야노와 나의 관계는 드러났을 것이다. 직접 얘기할 수 있었던 건 내 입장에서 보면 그나마 나은 상황이었다고 볼 수 있었다.

『오히려 아슬아슬했다고 생각해주면 좋겠는데…….』

이건 맨션 앞에서 우미노가 한 말이었다. 내가 지금, 아야노와 같이 살고 있다는 말을 듣고 변호사인 아야노는 완전히 어처구니없다는 얼굴을 했다. 아니, 누구라도 그럴 것이다.

"그래서 우미노는, 뭐라고 했더라. 저기——."

"후견감독인이야. 카미키 아야노 씨의——정확히는 그녀의 후견인인 모로호시 세이치 씨의."

"아까도 들었지만 그게 뭔지 잘 몰라."

"하루후미 군도 일단 법대 출신 아니었나?"

"내가 영화 말고 다른 걸 제대로 했던 기억이 있어?"

"그, 그런 걸 자신 있게 물어도……."

없지, 라고 말하며 우미노는 곤혹스러운 미소를 지었다.

그녀의 곤혹스러움은 당연했다.

그보다, 나는 뭘 당당하게 말하고 있는 걸까.

그때 직원이 주문한 음식을 가져다주었다. 이야기를 잠시 중단하고 나와 우미노는 늦은 저녁을 먹었다. 도무지 지금은 시오리에게 연락을 넣을 여유가 없었다.

가벼운 식사를 이어가며 나는 적당한 타이밍을 봐서 아야노와 있었던 일을 설명했다.

아사가야역에서 지인으로 착각하고 데려와 버린 것. 아픈 환자를 내버려 두지 못하고 간호해준 것. 일단 보호자라는 인물의 승낙은 받았다는 것. 그 보호자라는 사람과 접촉하기 위해 여러 번 그 맨션을 찾았다는 것.

그리고 중요한 사실 하나.

나는, 아야노에게 손을 대지 않았다.

금전적으로도.

육체적으로도.

우미노는 대강의 이야기를 듣고 나폴리탄이 묻은 입을 냅킨으로 닦았다. 뭐랄까, 가벼운 식사류만 주문했을 텐데 어느 틈에 이 녀석은 나폴리탄을 추가로 주문한 거지. 눈앞에 앉아 있는 상황에서 주문하는 모습을 놓칠 수 있는 건가?

내가 그렇게 말하자 우미노가 당당한 얼굴로 웃었다.

"하루후미 군은 옛날부터 허술한 데가 있었으니까."

"어이, 변호사. 나폴리탄을 몰래 주문한 정도로 당당해지지 마."

"후후, 농담은 이 정도로 하고. 하루후미 군은 위험한 다리를 건넜다는 자각은 있는 건가?"

"이래 봬도 일단 법학부를 나왔으니까."

"아니, 아까 조금도 신용할 수 없는 말을 들은 지 얼마 안 됐는데……."

확실히 후견감독인이 뭔지는 모르지만.

입이 열 개라도 할 말이 없다. 큭…….

"아니 그래도, 그 부분에 대한 자각은 있어. 정말로. 진짜로."

"그래? 그렇다면 좋겠지만…… 아니, 좋은 일은 전혀 없지. 유괴가 『친고죄』라고는 해도 역시 허술하다고밖에 말 못 하겠네."

우미노는 그렇게 말하며 드물게 험악한 표정을 지어 보였다.

늘 미소 짓던 우미노치고는 정말 드문 표정이다.

하지만 농담으로 끝날 일이 아니니 어쩌면 당연할지도 모른다.

참고로 거의 연금술 같은 방법으로 학점을 취득한 나지만, 『친고죄』가 어떤 것인지 정도는 알고 있다.

권리자의 고소가 없으면 공소할 수 없는 죄를 말한다.

즉 내가 유괴범으로 잡히는 경우는 아야노가 고소하는 경우나, 아야노의 보호자가 고소하는 경우 이 두 가지였다. 그 이외엔 특수한 경우를 제외하고는 공소되지 않는다.

그렇다고는 해도 잡히고 말고의 문제 전에 도덕적인 문제가 존재한다.

잡히지 않았다고 해서 옳은 일이 결코 아닌 것이다.

나도 그것은 충분히 알고 있다. 그래서 식사를 끝낸 우미노에게 말했다.

"——내 사정은 여기까지야. 아마 전부 말했을 거다."

"그러면 이제부턴 내 차례군. 사실은 외부인에게 말할 일은 아니지만 하루후미의 경우는 외부인의 테두리를 넘어선 것 같으니까."

우미노는 그렇게 말하며 냉수를 한 모금 마셨다.

입을 축인 뒤 차분히 말하기 시작한다.

"자세한 설명은 생략하겠지만 카미키 아야노 씨에게는 현재 친권자가 없어."

"그건 아야노의 부모님이…… 돌아가셨다는 건가?"

"아니, 부친인 모로호시 세이치 씨는 생존해 있다. 모친 쪽은 불행히도 없지만."

"아버지가…… 아야노랑 성이 다르네."

"부모가 죽기 전에 이혼을 했어. 일에 몰두하느라 가정을 돌보지 않는 타입의 남편이었던 것 같다. 합의를 보고 별 탈 없이 헤어졌는데…… 왜 그러지?"

"……아니, 아무것도 아니야."

나는 말하지 않았다.

그 이별이 우리들의 이별과 비슷했다고는. 영화 제작에 몰두한 나머지 사랑에 소홀했던 나와, 일에 얽매여 가정을 내팽개친 남자가 닮았다고는.

그건 그렇다 치고, 우미노는 선뜻 말해주었다.

내가 한 달 넘게 못 듣고 있었던 걸.

그리고 계속해서 막힘없이 말을 이었다.

"모친 사망 후, 미성년자의 후견인으로 모로호시가 선정됐어. 요컨대 친권자의 대리로서 미성년자의 재산이나 생활을 보호해 주는 역할이다. 다만 문제점은, 지금 제출해야 할 서류가 밀린 상황이야. 나로서는 미성년자의 보호 상황을 우려할 수밖에 없는 상황인 거지."

"원래부터 가정을 안 돌보는 타입이라며? 어째서 그런 사람이 후견인이 된 거야?"

"그 밖에 마땅한 친척이 없었던 거겠지."

"연락은…… 네가 해도 받지 않는 건가?"

아야노가 첫날 연락했을 땐 무뚝뚝했지만 반응이 있었다. 변호사로부터의 연락 역시 제대로 된 신경의 소유자라면 회신 정도는 할 수 있었을 텐데.

"나도 처음엔 모로호시 씨에게 연락하려고 했는데, 『생활에 관해서는 본인의 의사를 존중하고 있다』라는 답을 받은 후로 연락이 끊겼어. 만나보려고 해도 지금은 아무래도 국내에 없는 것 같다. 애초부터 해외에서 일을 자주 하는 사람인 것 같고."

"그래서 직접 아야노의 상태를 확인하러 왔다는 건가."

"그런 셈이지. 그런데 설마 하루후미 군과 함께 있을 줄은……."

우미노는 그렇게 말하고 어쩐지 감회 깊은 얼굴로 눈을 내리깔았다. 내가 의아해하자 겨우 알아들을 수 있는 작은 소리로 "변했구나, 정말로"라는 의미심장한 말을 중얼거린다. 나는 그 의미를 물을까 생각했지만, 그보다도 먼저 우미노가 입을 열었다.

"다만 후견감독인인 나로서는 미성년자인 카미키 아야노 씨를 지켜야 할 책임이 있다. 그게 지켜지지 않을 경우 모로호시 씨의 해임도 불사할 생각이야. 요컨대 그녀를 위험하게 하진 않겠어."

취해야 할 법적 절차에 대해.

확인해야 할 것들에 대해.

문제를 확실히 파악한 뒤, 해결까지의 과정에 대해.

우미노는 말했다. 지금 우리들의 관계가 얼마나 위험한 상태인지를.

그 불안정한 상태에 아야노를 계속 두는 것이 과연 얼마나 그녀에게 도움이 될지를.

아야노의 행복을 바란다면.

올바른 절차를 거쳐 바른 환경을 만들어야 한다고.

"그러니까──."

그 목소리는 계속 실수만 해왔던 나를 타이르는 것 같았고, 동시에 위로하는 듯한 정까지 담겨 있었다.

우미노는 도도한 어조로 말하며 마지막으로 이렇게 덧붙였다.

"하루후미 군. 그녀의 장래를 생각한다면 내 손을 잡아다오. **이번에야말로.**"

몇 년 전 내게 충고해 주었을 때와 똑같았다.

실수하는 나를 말리기 위해 간절했던 그때처럼.

그때보다도 더 절실하게, 우미노는 말했다. '이번에야말로'라고.

——정말 의지해야 할 사람은 내가 아니었다.

그 생각이 다시 뇌리를 스쳤다. 변명 같은 문구.

입 밖으로는 낼 수 없는 말.

다만 언제나 내 머리 한구석에 있던 말이다. 그래서 더욱 망설여졌다.

애초부터 망설임이 있었기에 나는 우미노에게 말한 것이다.

아야노의 일——우리들의 관계를. 보다 올바른 손을 잡을 기회가 있다면 그걸 제시하는 것도 어른의 의무가 아닐까 생각했기에. 우미노의 손은 그러한 올바름과 연결되어 있다고 믿었기 때문이다.

나는 어떻게 해도 아야노의 문제를 해결해줄 수 없다.

내가 할 수 있는 것은 보류고, 문제의 지연뿐이다.

하지만 우미노라면 반드시 잘 해줄 수 있을 것이다.

단순한 얘기였다.

정기권을 떨어뜨린 이후, 잘못 끼워진 채로 있는 단추를 바로 잡을 때가 온 것이다.

그뿐인 일이다.

"그렇, 겠지."

"⋯⋯하루후미 군?"

아야노와의 추억이 갑자기 뇌리를 스쳐 지나갔다. 그것은 한 편의 영화 같았다.

역 개찰구에서 정기권을 내미는 그녀.

의아한 얼굴로 따라오는 그녀.

삶에 지친 길고양이처럼 소파에서 곤히 잠든 그녀.

열이 나서 아이처럼 웅크린 그녀.

모양이 엉망인 만두를 잔뜩 먹는 그녀.

역 개찰구에서 "괜찮아?"라고 묻는 그녀.

잠들지 못하는 그녀. 웃는 그녀. 달리는 그녀. 공부하는 그녀. 스트레칭하는 그녀.

필사적으로 노력하는 그녀. 맛있게 고기를 먹는 그녀.

지금이 계속 이어졌으면 좋겠다고 말했던 그녀. 내 여자 친구라며 엉뚱한 연기를 벌이던 그녀.

아르바이트하는 곳에서 날 발견하고 활짝 꽃이 피듯 웃던 그녀.

욱신욱신, 가슴이 아팠다.

입을 열면 약한 소리가 새어 나올 것 같았다. 26살의 남자가 입에 담아서 좋을 말은 아니었다. 나는 들키지 않도록 이를 악물고 약한 소리를 눌러 죽였다. 반쯤 죽어 있는 남자의 마음에, 이성의 칼로 마지막 일격을 가했다. 지금이야말로 실수하지 않기 위해서.

"의지해야 할 사람은, 내가 아닌 거야……."

나는 타이르듯 스스로에게 중얼거리며 우미노를 데리고 집으로 돌아갔다.


"……하루 씨, 그 사람은?"

이미 밤늦은 시간이었지만 오늘은 운 좋게도 시오리도 아야노도 아직 깨어 있었다. 열쇠를 여는 소리에 눈치챈 건지, 내가 현관문을 열자 아야노가 웃는 얼굴로 서 있었다.

아야노는 내가 돌아오길 기다리고 있었던 걸까.

나를 보고 웃고, 그리고, 내 옆의 우미노를 발견하고는 불길한 예감을 감지한 듯 경계 어린 딱딱한 표정을 지었다. 난 말해주고 싶었다. "걱정할 필요 없어"라고.

하지만, 어째서일까.

정말 마음의 숨통을 다 끊어버려서 그런 걸까.

나는 아무 말도 못 하고 그녀를 마주 보는 것밖에 할 수 없었다.

○

거실에 아야노와 시오리, 우미노가 있었다.

소파에는 아야노와 시오리가 앉아 있고, 그 정면으로는 우미노가 앉아 있다. 그 광경은 그날——이 공동생활을 시작하게 된 계기가 된 그날 같았다. 우미노는 간단히 자기소개를 마치고 아야노와 시오리 두 사람에게 나에게 한 것처럼 설명했다.

우미노의 설명은 명료했다.

아야노를 보호한다는 취지의 통보.

후견인인 아버지와의 문제를 해결해주고 마땅한 환경을 마련해주겠다는 선언이었다. 그것은 동시에 이 공동생활의 종말을 의미했다. 그것이 아야노의 행복이라고, 우미노는 정중히 설득했다.

하지만 아야노는 그것을 거부했다.

"제, 제 행복을…… 어떻게…… 다, 당신이, 안다는 거죠……?"

아야노는 무릎 위에 올려놓은 손을 꼭 쥔 채 목소리를 떨며 말했다. 울어버리면 정말 어린아이 같아 보일 테니까. 그래서 필사적으로 눈물을 참고 있다.

아야노는 용기를 쥐어짜, 무릎 위의 주먹을 바라보며 말했다.

"저, 저는…… 여기 있고 싶, 어요"라고.

"당신이…… 뭔가 해주길 바라지…… 않아요"라고.

또 가슴이 아프다. 욱신, 욱신, 톱질이라도 하듯이. 나는 우미노 뒤에 서서 떨리는 아야노의 손을 바라볼 수밖에 없었다.

아야노는 더듬더듬, 그럼에도 분명하게 자신의 의사를 밝혔다.

"제 행복은…… 여기서 하루 씨랑 시이랑 같이 사는 거예요."

아야노의 말은 절실한 바람이었다.

다만 우미노는 당연하지만 그 바람의 위험성을 지적했다.

"너희들의 상황은 법적으로도 아슬아슬한 상태야. 게다가 오래 이어지면 사고가 일어날 수도 있어. 그때 죄를 뒤집어쓰는 사람은 하루후미 군이 될 거고."

우미노는 그렇게 말했다.

내 인간성을 믿지 않는 건 아니지만, 성범죄의 대부분은 가까운 상대에게서 일어난다. 변호사가 말하는 건 통계를 뒷받침한 숨김없는 사실이었다.

아야노가 고개를 들었다.

눈물로 글썽이는 두 눈이 나를 향한 채 입을 앙다문다.

"좋아하는 사람이 절 좋아하게 되는 게…… 잘못인가요?"

느닷없는 고백이었다.

나는 순간적으로 말이 나오지 않았다.

놀랐다. 다만 설마 하는 생각과 동시에, 그런가 하고 납득하는
부분도 있었다.

아야노의 당찬 눈빛이 나를 향했다.

그 맑은 눈동자가 무언가를 전하고자 호소하고 있다. 대답해
달라고 매달리고 있었다. 사실은 셋이 함께하는 생활을 버리고
싶지 않다──그런 나의 꼴사나운 본심을 간파당한 것 같았다.

하지만 나는 아무 말도 할 수가 없었다.

마음을 죽인 나는 대답할 말을 떠올리지 못했다.

그렇게 침묵해 버린 나에게 충격을 받은 아야노는 침실로 달려
갔다.

"아야노 군!"

뒤쫓듯 일어난 우미노 앞에 시오리가 조용히 파고들었다.

시오리는 침실 문 앞에서 두 손을 앞으로 포갠 채 목소리를 낮
추고 말했다.

"……오늘은, 이미 늦었으니까요."

시계를 보았다. 곧 날짜도 바뀔 시간이었다.

우미노는 "……그것도 그렇군" 하고 한 걸음 물러서서 고개를
끄덕였다.

그 얼굴에는 일을 서두른 스스로에 대한 회한이 묻어났다.

"이런 중요한 이야기를 하기엔 너무 늦은 시간이었구나."

우미노는 시오리와 아야노에게 사과를 전하고, "다시 날을 잡아서 얘기하러 올게"라고 말하고 명함을 좌탁에 남기고는 1DK를 뒤로했다.

나는 침실의 닫힌 문 앞에 한심한 꼴로 꼼짝 않고 서 있었다.

시오리가 걱정스럽게 내 손을 잡아당겼다.

"지금은 가만히 놔두세요…… 옆에, 제가 있을 테니까……."

시오리의 목소리에는 탓하는 어조가 없었다.

그것에 구원을 받은 기분이 드는 건, 역시 어른으로서 한심한 일이었다.

○

나는 어두운 침실에서 부들부들 떤 채 이불을 덮고 있었다.

"아야노 양……."

시이의 목소리가 들렸다. 하루 씨의 낡은 침대는 누군가가 앉으면 삐걱거리는 소리가 난다. 조심스러운 손이 내 등을 토닥토닥 부드럽게 어루만진다. 시이는 방의 불을 켜지 않았다. 우는 얼굴이 보이지 않도록 배려해주고 있었다.

"영화 감상…… 말할 기회를 놓쳐버렸네요……."

"……응."

내 마음을 달래주려는 듯 시이가 말했다.

나는 이불 속에서 작게 고개를 끄덕였다.

시이는 그런 나의 등을 부드럽게 계속 도닥여준다.

"내일 또 천천히 이야기해요……."

"있지, 시이."

"……네."

"왜 나는, 내가 있을 곳도 정하지 못하는 거야?"

"그건……."

어리니까. 미성년자니까. 나도 알고 있어. 하지만──.

"전혀 납득이 안 돼."

나는 지금이 행복하단 말이야.

나는 지금, 이렇게 상냥하게 대해주는 시이가 있고, 하루 씨가 있고, 그것에 구원받고 있다. 더는 이 이상은 바라지 않아.

그런데, 왜 방해하는 거야?

어째서 내가 같이 있다는 것만으로 하루 씨한테 폐가 되는 거야?

미성년자라는 것만으로, 어째서 내가 있을 곳도 고르지 못하는 거야?

법률 같은 걸 잘 아는 사람은──아까의 변호사 같은 사람은 그런 말에도 뭔가 그럴싸한 대답을 들려주겠지만, 그런 건 너무 제 멋대로다.

나나 시이, 하루 씨의 관계는 우리들만의 관계인데. 왜 잘 알지도 못하는 어른이 정한 『형태』에 맞지 않는다는 이유로 헤어져야 해?

잔뜩, 잔뜩, 사실은 더 많이 하고 싶은 말이 있었다.

받아치고 싶은 말이 있었다.

하지만 말하지 못했다.

내가 말할수록 하루 씨가 곤란해진다는 걸 알아버렸으니까.

"내일 다시, 제대로 이야기해요……. 하루후미 씨와도……."

시이는 그렇게 말해주었다.

하지만, 그런 건——.

"나, 말해버렸는데……?"

그래, 나는 말해버렸다. 절대 해서는 안 될 말을. 우리 셋이, 셋인 채 계속 지내기 위해서 절대 해서는 안 됐던 말을.

하루 씨를, 좋아한다고.

아무리 은연중에 내비쳤다고 해도, 결정적인 말은 하지 않고 있었다.

지금의 관계가 부서져 버리니까.

이 마음 편한 장소가 변해 버리는 게 무서웠으니까.

나는 이불에 폭 싸인 채, 한없이 달래주는 시이의 품 안에서 잠들었다.

○

다음 날 아침, 내가 일어났을 때 아야노는 이미 집을 나가고 없었다.

거실 좌탁 위에 노트 조각을 접어서 만든 편지가 놓여 있어서, 나는 언젠가 그녀가 놓고 갔던 편지가 생각났다. 『실례 많았어요』라고만 적혀 있던 편지다.

황급히 편지를 집어 들었다. 여고생 특유의 수수께끼 매듭법으로 접힌 편지를 펼치자 그곳에는 『학교 다녀오겠습니다』라는 아야노의 둥근 필체가 적혀 있었다.

나는 안도의 숨을 내쉬었다. 그저 등교했을 뿐인 것 같다.

어제 그런 일이 있었으니 얼굴을 마주하기 힘든 건 피차일반일 것이다. 그럴 가능성을 생각한 나는 납득한 채 평소대로 회사로 향했다.

하지만 그 생각이 안이했다는 것을 나는 잔업 중인 사무실에서 알았다. 잔업 중에 시오리에게서 전화가 온 것을 깨닫고 사람이 없는 비상계단으로 이동해 전화를 받았다.

『저기, 하루후미 씨!』

시오리의 심각한 목소리에 나는 귀를 곧바로 귀를 곤두세웠다. "왜 그래"라고 간략히 대답했다.

시오리는 달리고 있는지 약간 숨을 헐떡이며 말을 이었다.

『아야노 양──이 아직, 돌아오지, 않고 있어요.』

나는 손목시계를 확인했다.

벌써 밤 20시가 넘었다.

가출해서 나온 소녀가 또다시 가출을 했다니. 말장난 같은 짓 좀 하지 말아줘.

# 제8화 ⬤ 가출 소녀

시오리의 전화를 받은 후 나는 남아 있던 일을 중단하고 회사를 나왔다. 애초에 하고 있던 일도 후배 남자 직원인 타케바야시가 실수로 주워버린 일의 도우미 같은 거였다. 타케바야시의 기운찬 비명을 뒤로하며 나는 속전속결로 퇴근했다.

퇴근하자마자 주오선 전철로 아사가야역으로 향했다. 일단 시오리와 합류하기 위해서였다. 게다가 아야노를 찾는다고 하면 아사가야 주변이 좋을 거라 생각했다. 전철로 이동하던 중 문득 떠올라 우미노에게도 정보를 넣어 놓았다.

『아야노가 돌아오지 않고 있으니까 상황을 보러 와줘』라고.

아야노의 사정을 알고 있는 데다가 의지할 수 있는 어른이라면 우미노밖에 없었다.

우미노의 답장을 기다리는 사이 전철이 아사가야역에 닿았다.

계단을 몇 단씩 뛰어 내려가며 승객들 사이를 빠른 걸음으로 지나쳐 개찰구를 빠져 나왔다. 개찰구를 나온 직후 발길이 멈췄다. 아야노를 발견한 게 아니었다.

나의 시선은 역사 내 한쪽 구석으로 빨려 들어가고 있었다.

아무도 없는, 역의 구석이었다.

──저기에 그 녀석이 앉아 있었지.

퇴근하던 나는 그 녀석이 저기에 앉아 있는 걸 보고 현실로 돌아왔다. 무대 같았던 삶이 해상도를 높이며 내게 다가왔다. 우미노와 헤어지고 영화를 포기한 후 결국 일에 몰두하게 된 내가,

진정한 의미에서 일상으로 돌아온 것은 분명 그날이었다.

"뭐 하는 거냐…… 나는."

시곗바늘을 보았다. 벌써 21시가 가까웠다.

나는 요즘 시작한 달리기의 성과를 보여주기 위해 집으로 서둘러 달려갔다.


"하아, 하아, 하아, 다녀왔어."

"……하루후미 씨."

현관문을 여는 나를 시오리가 마중 나왔다. 엇갈리지 않게 시오리는 집에서 기다리고 있었다. 신발을 벗는 시간도 아까워서 목을 쭉 빼고 집안을 둘러본다. 출근 전과 달라진 모습은 없다.

"……아야노는?"

내 물음에 시오리가 고개를 저었다. 역시 아직 돌아오지 않았구나.

"전화도 안 받고……."

시오리 쪽에서도 몇 번인가 연락을 취한 것 같다.

하지만 지금에 이르기까지 아야노에게서 답장은 없었다.

내 머릿속엔 수많은 '어째서'가 떠올랐다. 아니, 어제 바로 그런 일이 있었다. 우미노의 제안에서 비롯되었다는 것은 어렵지 않게 짐작할 수 있다. 그렇다고 집을 나가면 어쩌자는 거야. 그 행동으로 대체 뭐가 변한다는 거야.

거기까지 생각이 미치고 나서야 나는 깨달았다.

아아, 그 반대인가——하고.

변해버리는 게 싫어서 아야노는 도망칠 수밖에 없었다. 우리들의 관계가 바뀌는 걸 보고 싶지 않았기에, 바뀌기 전에 자신이 먼저 멀어졌다. 햇살 같은 오라를 내뿜으며 타인과 거침없이 거리를 좁히는 주제에, 어째서 그런 부분만 겁쟁이인 거냐고, 그 녀석은.

"하, 하, 하루, 하루후, 하루후미, 군…… 헉, 허억."

이름이 불리는 소리에 현관에서 몸을 돌렸다.

숨을 헉헉거리는 우미노가 악착같이 버티고 서 있었다. 가쁜 숨을 몰아쉬는데도 자세만큼은 쓸데없이 꼿꼿하다. 남에게 약한 모습을 보이려 하지 않는, 이상한 곳에서 고집이 센 녀석이었다.

"헉, 허억…… 카, 카미, 키 아야노 군은……?"

"안 돌아왔어. 이제부터 찾으러 갈 생각이야."

"그, 그러, 그런가. 지, 짐작 가는 곳은, 있는 건가…… 허억."

"아니, 일단 너는 숨 좀 돌려라."

"저기…… 괜찮으시면 물을……."

"꿀꺽, 꿀꺽…… 후우, 고마워. 자전거로 미친 듯이 달려왔거든."

우미노는 물을 단숨에 들이켜며 그렇게 말했다. 그러고 보니 우미노는 학창 시절부터 자전거를 자주 타고 다녔다. 그렇다기보단 도시의 전철을 싫어했다.

"그보다 차는? 왜 자전거로 왔어?"

"자전거가 좁은 길까지 가기 좋잖아? 사람을 찾을 땐 차보다 오히려 편하다. 일단 찾는 건 나와 하루후미 둘이서 하자. 시오리 군은 아야노 군이 돌아왔을 때를 대비해서 여기 남아 있는 게 좋겠어. 아마 지금 아야노가 가장 기대기 쉬운 상대는 그녀일 테니까."

우미노는 금세 익숙한 모습으로 지시를 내렸다.

우미노 나름대로 여러 가지로 생각을 해 온 것 같았다. 내가 놀라고 있자 "당황스럽네"라고 말한 우미노는 정장 윗옷을 벗고 셔츠의 소매를 걷어 올리며 말을 이었다.

"어제도 난 딱히 괴롭히려고 왔던 게 아니야. 그녀를 행복하게 해주려고 그랬다. 카미키 아야노 군이 올바른 인생을 보내게 해주기 위해——였어. 일을 서두른 건 반성해. 하지만 지금도 잘못된 주장은 아니라고 생각한다. 하루후미 군도 그렇잖아? 그래서 날 데려온 거고, 아닌가?"

"……나는."

보다 올바른 손을 잡을 기회가 있다면 그걸 제시하는 것도 어른의 의무가 아닐까 하는 생각에서였다. 하지만, 어땠을까.

나는 정말로 아야노의 행복을 바랐던 걸까?

그 선택에 나를 지키려는 이유는 없었을까. 내 몸을 사리려는 생각은 없었을까. 아니, 자신의 몸을 사리려는 건 당연하다. 자신을 소중히 해서 나쁠 건 없다. 자기희생을 미담으로 만들어서는 안 된다.

하지만 내 말이 나를 보고 있었다.

『내가 놔준 다리다. 너희들이 건너가기도 전에 무책임하게 빼진 않을 거야.』

주먹을 쥐고 입을 꾹 다물었다.

난 분명 틀린 거다. 나는 아야노에게 신뢰할 수 있는 어른으로 있어줘야 했다. 어른으로서의 의무를 따진다면 지켜야 할 건 그 것이었다. 절대 포기하지 않겠다는 의지를 계속 보여줬어야 했다. 그런데 내가 우선순위를 착각해서——.

"……**하루후미 씨.**"

시오리가 내 이름을 부르며 두 손으로 내 얼굴을 감싸 쥐었다.

나는 어느새 아래로 향하고 있던 시선을 들어 올렸다. 시오리와 눈이 마주쳤다.

"늦지 않았어요, 분명 아직."

시오리가 그렇게 말했다. 전에 없이 분명한 목소리로.

나와 눈을 마주한 시오리가 손을 내렸다.

"아야노 양을 찾아서, 다시 한번 이야기를 들어주세요. 어떻게 하고 싶은지, 어떻게 되고 싶은지. 무엇이 행복인지. 제대로 그녀에게 물어보고 대화해주세요. 왜냐하면 저는……."

"……시오리?"

시오리의 눈이 부드럽게 호선을 그렸다. 한 걸음 물러서자 그녀의 온몸이 시야에 들어왔다.

순간 어린 시절의 그녀가 뇌리를 스쳤다.

내 방에서 하고 싶은 말도 제대로 못 하고 가만히 눈치만 보고 있던 소녀다.

하지만 시오리의 표정은 그때와 많이 달라져 있었다.

달라졌지만, 그럼에도 변함없이 나를 보고 있었다.


"왜냐하면 저는——기다려주고 이야기를 들어준, 그런 하루후미 씨를 정말 좋아하니까요."

신뢰를 담은 눈빛으로 그녀가 말했다.

나는 한심한 어른이다. 여대생이 격려해줄 때까지 결단을 내리지 못했으니까. 발견하면 아야노에게 뭐라고 말을 걸면 좋을지 몰랐으니까.

"아야노는 반드시 데리고 올 거야."

나는 시오리에게 그렇게 말했다. 시오리는 "네"라고 웃으며 대답했다.

우미노가 "크흠, 커험" 하고 헛기침을 하며 존재를 주장했다.

시오리가 "핫" 하며 우미노의 존재를 깨달았다. 우미노가 "결심을 표명하는 건 상관없지만——"이라고 말하며 허리에 손을 얹는다.

"아야노가 갈 만한 곳, 짚이는 데 있나?"

"없어."

"그, 그렇게, 당당하게 즉답하지 말아주겠어……."

내 솔직한 즉답에 우미노는 주춤했다. 기세라는 건 중요하다. 시오리가 그런 나와 우미노를 보고 가만히 생각에 잠겨 있다가 "저기……" 하며 손을 들었다.

"왜 그래, 시오리?"

"……아야노 양은, 찾아주길 바랄 거예요. 하루후미 씨가. 그러니 분명 하루후미 씨가 가는 곳에…… 하루후미 씨가 찾을 수 있는 곳에 있을 거라 생각해요."

"근거는 있나?"

"아야노 양은 외로움을 잘 타니까요. 혼자 잠을 못 자요. 그러니 건물 안에는 없을 거예요. 거리 어딘가를, 걷고 있을 거예요……."

우미노가 나를 돌아보았다. 그 시선이 묻고 있다. "정말 그런가?"라고.

나는 혼자서 잠들지 못하는 응석쟁이를 떠올리며 고개를 끄덕였다.

그와 동시에 생각에 잠겼다.

나라면 찾을 수 있는 장소──그건 어딜까.

나와 아야노에게 있어 의미 있는 장소는 『아사가야역』이라고 생각했다. 하지만 아야노는 그곳에 없었다. 같이 가봤던 곳? 예를 들면 나카노, 신주쿠, 하라주쿠…… 전부 결정적으로는 어딘가 부족해 보였다.

"그러고 보니 아야노는 내 영화를 봤나?"

"앗…… 네. 어젯밤에 같이……."

나는 내가 찍은 영화의 내용을 떠올렸다.

도쿄의 밤거리를 잘라낸 한 편.

나는 내 생각을 우미노에게 말하고 시오리를 집에 남겨둔 채 밤거리로 달려나갔다.

○

밤거리는 나를 덜 외롭게 해준다.

술을 마시는 사람들.

예쁘게 치장한 여자들.

호객을 하는 오빠.

놀고 있는 대학생 그룹.

지친 모습의 아저씨들.

거리를 오가는 여러 사람들.

도쿄의 밤은 떠들썩했고 네온사인이 빛나고 있어서, 외톨이에게 조금은 다정하게 다가온다. 그 다정함이 사냥감을 기다리는 사냥꾼들의 함정일지도 모르지만, 위험하다는 걸 알고 있어도 가까이 가지 않을 수 없었다.

하루 씨를 만나기 전, 홀로 밤거리를 거닐던 때가 생각났다.

내가 밤거리로 나온 것은, 아무도 없는 그 집에서 잠을 잘 수 없었기 때문이다. 자신의 집처럼 느껴지지 않는 그런 곳에서는 잠을 잘 수가 없었다. 솔직히 나는 아버지를 잘 모른다. 애초에 그다지 집에 있는 사람도 아니었다고 하고, 내가 어렸을 적에 어머니와 이혼했다. 내가 기억하는 건 휴일에도 컴퓨터로 향하던 굽은 등뿐이었다.

사람의 기척이 그립고 혼자라는 걸 잊고 싶어서 나는 거리의 소란스러움에 녹아들었다.

거리의 시끌벅적함은 당시엔 내 마음을 가볍게 해줬다.

하지만 지금은…… 역시 외로워. 외로움이 희석되지 않아. 거리의 무관심은 그대로일 텐데 예전보다 더 멀어진 듯했다. 어째서일까?

그건가.

걷고 있으면 잔뜩 흘러넘치기 때문일까.

역에서 하루 씨가 말을 걸어주었던 일. 함께 맨션까지 걸어갔던 날의 일. 이상한 오야코동을 먹은 일. 시이랑 하루 씨랑 셋이서 돌아갔던 날의 일. 그런 것들이 잔뜩.

조금 후회되는 것이 있다.

나도 하루 씨처럼 기록으로 더 남겨둘 걸 그랬다. 즐거웠던 순간, 혼났던 순간, 변하지 않기를 바라던 행복했던 순간.

이미 잃어버리고 만, 소중한 추억의 순간을.

나는 외로움을 안고 하루 씨의 영화 풍경 속을 걸었다. 네온 빛을 빠져나가서, 소란스러운 사람들의 바다를 지나, 멀리서 호객 소리를 들으며 사람을 피하듯 깊은 어둠을 향해 걸어갔다.

오늘은 소나기가 왔었기에 바람은 미지근한 습기를 머금고 있었다.

목적지는 없었다. 다만, 나는 알고 있다──새벽까지 걸어서 녹초가 될 정도로 피곤해지면 교실의 딱딱한 의자 위에서도 푹 잠들 수 있다는 것을. 그래서 걸었다.

돌아가고 싶어. 하지만 돌아가고 싶지 않은 마음도 있다.

보고 싶은데 보고 싶지 않아서.

찾아줬으면 좋겠는데 지금도 이렇게 도망치고 있다.

말하고 싶은데 잘하지 못할 것 같아서, 말하는 것이 무서웠다.

나는 어떻게 하고 싶은 걸까.

이젠 알 수 없게 되어 버렸다.

인파에서 벗어나, 밤의 나카노를 빠져나와, 신주쿠 아일랜드 타워$(신주쿠에 있는 고층 건물. 건물 앞에 있는 LOVE라는 조형물로 특히 유명하다.) 근처의 LOVE 모양을 본뜬 오브제 옆을 지나고, 깜빡이는 신호등 아래를 지났다. 횡단보도에 나 이외의 사람은 없다.

신호등의 파란 LED, 주황색의 가로등, 은은한 초승달의 노란색, 주차장의 빨간 램프, 다양한 색의 빛들이 밤거리에 윤곽을 새겼다. 소나기 후의 물웅덩이 위에서 오색찬란한 빛들이 춤추고 있었다. 나는 물웅덩이를 발로 찼다.

하루 씨는 왜 그런 영화를 찍었을까.

어둠 속을 걷는 두 여성의 영화.

막차도 끊길 시간. 다리가 후들거려왔다. 그때, 깊은 암흑 속에 희미하게 탑이 떠올랐다. 창문도 달려 있지 않은 희고 매끈한 탑이 이케부쿠로 하늘에 뻗어 있었다. 저건 분명, 하루 씨의 학창 시절 영상에 있던——.

"영화가 아니라 이쪽이었나……."

지친 얼굴의 회사원이 자전거 위에서 쓴웃음을 짓고 있었다.

"……타니가와, 하루후미 씨?"

내 입은 자연스럽게 그 이름을 불렀다.

어쩐지 처음 만났을 때와 같이.

그래서일까, 하루 씨는 나에게 맞춰 이렇게 말했다.

"그래, 오랜만이야."

○

"지금부터 도로교통법을 어기겠습니다."

나는 그렇게 선언한 뒤 유무를 막론하고 아야노를 자전거 뒤에 태웠다.

확실한 도로교통법 위반이다.

착한 애들은 모두 따라 하면 안 됩니다. 참고로 저는 유괴죄를 현재 진행형으로 실행하고 있는 천하의 나쁜 놈이기 때문에 죄의 중첩을 감행합니다. 착한 아이가 아니니까. 범죄자에게 "그건 범죄야"라는 말로 멈출 수 있을 거라 생각 마라.

"아니, 당당해지면 안 되지. 내가 생각해도 좀 그렇다, 응."

"······하루 씨는, 뭐 하러 왔어?"

나의 위트 있는 토크를 무시하고 아야노가 본론으로 들어갔다. 그 목소리는 딱딱했고, 두려움을 담고 있었다. 어딘가 거리감이 느껴지는 목소리다. 그것은 내가 잃어버린 신뢰의 거리감이었다. 둘이 타면서 셔츠를 잡아오는 손길의 어색함에서도 느낄 수 있었다.

나는 단적으로 대답했다.

"여고생을 유괴하러, 다."

"······범죄야, 그거."

"뭐, 그렇지."

나는 고개를 끄덕이며 페달을 밟았다. 우미노의 자전거였다. 평범한 자전거임에도 꼼꼼하게 정비가 잘 되어 있어서 체인이 삐

긱거리는 일도 없다. 경쾌한 페달링에 맞춰 습기를 머금은 밤바람이 뺨을 스쳤다. 막차가 끊긴 거리는 무척이나 고요했다.

아야노가 등 너머로 물었다.

"……어쩌려고?"

나는 생각했다. 아야노가 어떻게 하고 싶은지는 이미 들었다. 『여기 있고 싶다』, 『셋이서 함께 살고 싶다』. 오르막길이 나왔다. 나는 힘을 주어 페달을 밟으며 말했다.

"해볼까, 여러 가지로."

"……여러 가지라니 뭐야?"

"완전히 똑같진 않을지도 몰라. 하지만 할 수 있는 데까진 해볼게. 우리에게 있어 가장 좋은 형태를 찾을게. 우미노에게 의지할 수는 있겠지만. 뭐, 떡은 떡집에 맡기라는 말도 있잖아. 그런 거야, 우미노한테는 고생 좀 하라고 해야지."

내가 그렇게 말하자 아야노는 셔츠 자락을 꽉 잡고는 조금 화난 목소리로 받아쳤다.

"그, 그건, 제멋대로야……. 절대 안 된다고 하면 어, 어쩔 거야."

"절대 안 되는 일은 없어."

"그런 건 모르잖아!"

"알아."

나는 오르막길을 천천히 나아가며 숨을 내쉬었다.

"변하지 않는 일상은 편안하지만, 그래도 변하지 않는 관계는 없어. 그런 건 내가 말하지 않아도 알고 있겠지만 그래도 괜찮아. 아무리 변해도 그것조차 언젠가 일상이 될 테니까. 그 일상도 분명 너에게 있어 편안함이 될 테니까."

"그런 건, 무책임해……."

"나는 되는 대로 사는 놈이지만, 무책임하지는 않아. 약속도 지키는 남자야."

"하지만——."

"왜, 고기 약속도 그렇고 알바 약속도 제대로 지켰잖아?"

셔츠를 쥔 아야노의 손길에서 노기가 사라졌다.

아야노의 머리가 등에 닿아온다.

"……하지만 어제는 그 전 여친 같아 보이는 사람한테 날 내던 졌잖아."

"2 대 1이면 약속을 지킨 횟수가 더 많아."

"이런 게 횟수로 될 문제야?"

아야노가 날카로운 일격을 날렸다. 지당한 말이다.

나는 쓴웃음으로 얼버무렸다. 어른은 교활한 법이다.

대충 둘러대고는 "미안, 다음엔 지켜줄게"라고 말했다.

아야노는 아직 신용할 수 없는지, 등 뒤에서 입을 다물고 있다. 나는 개의치 않고 말을 이었다.

"네가 괜찮아질 때까지 네 일상에는 내가 있을게. 약속했잖아. 다리를 다 건너가기 전까지는——이라고. 그러니 어떤 형태로든 난 네가 괜찮아질 때까지 지켜볼 거야. 그리고 약속했지? 알바비 들어오면 같이 수영장 가기로."

"…………응."

아야노가 내 등에 꼬옥 매달려왔다. 밤바람 소리에 섞여 흐느끼는 소리가 들린다. 나는 뒤돌아보지 않고 페달을 밟았다. 등에서 아야노의 체온이 느껴졌다. 여름밤의 부드러운 바람보다도 훨씬 따스해서, 내가 지켜야 할 존재라는 것을 느끼게 했다.

아야노는 다시 "하지만"이라고 말했다.

"나…… 좋아한다고…… 말해버렸는데……?"

"거기에 대해선 전에 약속했어."

내가 그렇게 말하자 아야노가 "?" 하고 고개를 갸우뚱하는 것 같았다. 정면을 향해 페달을 밟고 있어서 직접 보이지는 않았지만 등에 닿은 이마가 그렇게 움직였다.

보이지 않아도 몸짓으로 알 수 있었다.

나는 밤의 도쿄를 자전거로 달리면서 그 옛날 내가 부렸던 억지를 차용했다.

"졸업하고 나서 말할 수 있으면, 그때 생각해 볼게."

"우와, 완전 못된 남자 같은 대사!"

아야노가 가차 없는 말을 했다. 내 생각도 그래.

하지만 그것이 타니가와 하루후미라고 하는 어른이 낼 수 있는 최대한의 양보였다. 교활함을 배운 26세의 사회인이기에 할 수 있는 말이다. 아야노는 그 교활함을 고등학생의 젊음으로 규탄했다. 그 또한 옳은 일임이 분명하다.

어른은 젊은이의 발판이 되는 법이다. 그 정도가 딱 좋다.

아야노는 내 등을 손가락으로 찌르면서 한층 더 몰아세운다.

"그보다…… 어쩔 거야. 그 전에 내가 더 좋아하는 사람을 발견하게 되면?"

"그때는 슬픈 얼굴 한 번 해줄게."

"에이, 겨우 그 정도?"

"알았어. 폭탄주 정도는 마셔주마."

"……후후, 약속이다?"

"그래."

아야노가 조심스럽게 내 허리에 양팔을 감아왔다.

밤의 어둠을 걷던 소녀는 안도한 것인지, 다소 졸린 말투로 작게 중얼거렸다.

"나, 잔뜩 약속할지도 모르는데……?"

"하면 되지."

나는 그렇게 즉답했다. 자전거가 물웅덩이를 튀기고 지나갔다.

그 탓에 살짝 흔들려서 아야노가 내게 꽉 매달려온다. 작은 심장이 "두근두근" 하고 작은 새처럼 떨려오는 것 같은 기분이었다.

○

아야노를 자전거로 데리고 돌아와 시오리의 마중을 받은 이후.

복잡한 이야기는 잠시 접어두고 우리는 목욕을 하고 잠자리에 들었다. 다음 날 일과 학교는 모두 쉬기로 했다. 아야노가 상당히 지쳐 있었고, 이야기를 하기 전에 휴식이 필요했다. 당사자 없이는 이야기를 진행할 수 없었다.

회사에는 잠들기 직전 병결 문자를 보내두었다.

뭐, 타케바야시한테 좀 고생하라고 하자.

이런저런 일이 있었기에 대낮까지 푹 잠든 우리는, 우미노가 우리 집에 온 시간에 맞춰 앞으로의 일에 대한 상담을 시작했다. 좌탁에 네 명이 둘러앉아 이야기를 나눴다.

우리는 되도록이면 이대로의 생활을 유지하고 싶다는 것, 우미노가 잘 처리해주었으면 한다는 내용을 전했다. 당연히 올바른 윤리관을 가진 우미노는 난색을 표했다고 할지, 우리들의 속 편한 이야기에 펄쩍 뛰었다.

"아니, 정말 터무니없는 소릴 하는구나, 너희들?!"

"뭐야~, 힘 좀 내보라고 변호사아~."

"변호사아~."

나와 아야노가 아직 졸음이 전혀 가시지 않은 머리로 불평했다. 모르는 놈이 제일 태평한 법이다.

다만 나는 『내 몸을 사리는 것』을 버린 탓에 더욱 기세가 당당해져 있었다.

자신의 입장보다 아야노의 안심을 우선한다. 그러니 꽉꽉 의견도 말하고, 아야노가 싫어하는 제안은 거절해 버렸다. 게다가 우미노 역시 『아야노를 위해』를 제일로 두고 있다는 점에서는 마찬가지였다. 무리하게 이치를 따지려들지는 않았다. 하지만──.

"그래도 혈연도 뭣도 없는 성인 남성 집에서 공동생활은 안 되지……. 그보다 집 가까우니까 오가면 안 되는 거야? 그런 거라면……."

"그러면 아야노가 잠을 못 잔다니까."

"그 부분에 대해선 의사에게 한번 상담을 받아보는 게 좋지 않을까?"

"에엥, 그래도 사람의 기척이 있으면 잘 수 있는데."

"그렇다고는 해도, 역시 뭔가——."

"저기……."

시오리가 손을 들었다.

나는 우미노의 이야기를 막고 시오리에게 발언권을 주었다.

"제가 아야노 양 집에서 사는 건 안 될까요?"

그 제안을 듣고 우미노는 "으음" 하고 생각에 잠겼다.

아야노도 깜짝 놀라서 시오리 쪽을 보고 있다.

시오리는 등을 곧게 펴고 앉아 우미노를 직시했다.

"아야노 군의 부친——모로호시 세이치 씨의 승낙이나 집주인과의 교섭은 필요하겠지만, 가능할 것 같아. 음…… 나쁘지 않을지도 모르겠네."

"저기, 즉 나랑 시이가 그 맨션에 산다는 거야? 룸셰어?"

"……네. 거기라면 여기와도 가깝고……."

"시이는 괜찮아?"

"저는 원래…… 이사할 곳을 찾고 있었으니까요."

시오리가 아야노에게 미소를 건넸다. 그 온화한 미소 속에는 심사숙고한 흔적이 엿보였다. 내가 아야노를 찾는 사이 시오리도 나름대로 아야노를 지킬 결심을 굳힌 것 같았다.

우미노는 중얼거리며 생각에 잠겼다.

"흐음, 솔직히 경제적인 부분에서 말하자면 모로호시 씨는 후견인으로 남는 편이 좋아. 집세나 교육비는 지불하고 있으니까

해임해도 아야노 군에겐 득이 안 돼. 보고의무 불이행이 문제긴 하지만——그 사람과는 별도로 전문가를 후견인으로 붙일 수도 있으니까……."

나는 중얼거리는 우미노에게 물었다.

"전문가라는 게 그렇게 유연하게 대응해주는 존재야?"

"사람마다 다르겠지만 이런 케이스는 솔직히 터무니없다고 생각한다. 다만 여기서 말하는 전문가란 법률 전문가를 말하니까. 원리적으로 말하자면 내가 될 수도 있는 거지."

"저기, 그건……."

"무슨 뜻이야?"

"즉 내가 후견인이 되고 아야노 군과 시오리 군의 룸셰어를 용인한다면 법률적인 문제는 없다는 거다. 경제적인 원조도 모로호시 씨에게서 계속 받을 수 있으니 아마도 가장 원만한 해결책이겠지.

자식에게 매정하든 어떻든 금전적인 지원이 있는 한 그와도 인연을 끊어서는 안 돼. 돈이 전부는 아니었지만 꽤 많은 문제를 돈이 해결해주니 말이야. 집세나 교육비를 대주는 것만으로도 그나마 나은 부류라고 말할 수 있어."

우미노의 마지막 말에는 경험이 담겨 있었다.

변호사로서 다양한 판례를 알고 있기에 나올 수 있는 말의 무게였다. "조금 낫다는 정도지 안 좋다는 건 변함없어. 최악으로 어른들끼리 싸울 일은 없으니까. 다만 이런 일을 하고 있으면 질 나쁜 이야기들은 하나하나 열거할 수도 없다"라는 말도.

나는 우미노가 학창 시절 이상으로 속을 태우고 있다는 걸 느끼면서 질문했다.

"그런데 가능한 건가? 그렇게 말처럼 쉽게 되는 거야?"

"내가 후견인이 되는 건 가정법원의 지명만 받으면 가능해. 가능한지 어떤지는 나도 모르겠지만…… 이 부분은 사무실 선배한테 확인해 볼게."

"변호사인데 몰라요?"

"저, 저기 말이지, 이런 건 정말 희귀한 케이스다. 신참 변호사가 그렇게 빠삭하게 다 알거라 생각하지 말아줘. 뭐, 그래도 최대한 노력해 보겠다고 약속하지."

내키지 않아 보였지만 그렇게 약속해 주었다.

아야노와 시오리가 얼빠진 얼굴로 우미노를 바라보았다. 우미노는 두 사람의 시선을 받고 불편해하고 있었다. 나는 그 모습을 보고 슬쩍 웃었다.

"우미노 씨는, 저기……."

"생각보다 좋은 사람?"

"저, 저기 말이지……."

여대생&여고생의 소감에 우미노가 고개를 푹 떨구었다.

"너희들 정말, 나를 뭐라고 생각하는 거냐."

가장 정직한 어른이 결국엔 가장 고생한다는 이야기다. 아니, 정말 미안하다고 생각해, 정말로. 나는 두 손을 모아 기도했다. 우미노는 "멋대로 사람을 제사상에 올리지 말아주겠나?"라고 불만스럽게 중얼거리며 상담내용을 정리했다.

"일단 당분간은 현상 유지다. 그사이에 나는 모로호시 씨한테 연락을 취하거나 이런저런 수속을 개시하지. 시오리 군과 아야노 군이 그 맨션에서 살 수 있도록 말이지. 절차가 끝날 때까진 정기적으로 여기에 찾아올 테니까 그렇게 알아둬."

우미노가 깔끔하게 결론을 내자 우리 1DK조 세 명은 "잘 부탁드립니다"라며 고개를 숙였다. 우미노는 완전히 지쳤다는 얼굴로, 그럼에도 못 말리겠다는 듯 웃어 보였다.


나는 맨션 1층까지 우미노를 배웅하러 나왔다.

빌렸던 자전거를 돌려주자 우미노가 나를 돌아보며 입을 열었다.

"아야노 군의 가정 문제는 해결된 게 아니야. 그리고 해결되지 않을 수도 있지. 그런 만큼 하루후미 군도 각오해두는 게 좋을 거야."

"무슨 말이야."

"부모와의 관계 말이다. 모로호시 씨가 정직하게 태도를 바꿀 거라고 생각하지 않는 편이 좋아. 인간은 타인의 말로 쉽게 생각이나 삶의 방식을 바꾸지 않는 법이니까. 하루후미 너라면 잘 알겠지?"

"……아아."

그 옛날, 내가 영화에 빠져있던 때를 떠올렸다. 우미노에게 어떤 말을 들어도 나는 스스로 좌절을 경험하기 전까지 멈추지 못했다.

"사람은 생각보다 변하지 않고 서로 이해할 수 없어. 그래서 우리 같은 해결 전문가가 있는 거다. 뭐, 그런 우리도 상대의 태도를 고칠 수는 없지만. 하는 일이라고는 양측의 부담을 책임에 따라 나눠 갖게 할 뿐이지."

딱 잘라 말하더니 우미노는 "한심한 이야기지만"이라며 쓴웃음과 함께 덧붙였다.

나는 고개를 흔들며 부정했다.

우미노가 한심하면 나 같은 놈은 설 자리가 없다.

우미노가 그런 나를 보며 웃기 시작했다. 고등학교 교실에서 나한테 말을 걸었던 날처럼.

"뭐, 그렇니까 더더욱, 달라진 하루후미 군은 굉장하다고 생각해."

"그런가? 이번 일도 네가 전부 다 끌어안았는데."

"전문가라는 건 아마추어의 일을 끌어안아 주기 위해 있는 거다. 오히려 멋대로 당해 버리는 쪽이 더 곤란해."

"듬직하네, 변함없이."

"변함없다고 말할 거라면 좀 더 다른 부분에 대해서 언급해줬으면 좋겠는데."

"응? 뭐야, 다른 거라니."

"네가 변함없이 지조 없는 카사노바라는 거지. 그럼 간다."

우미노는 이상한 말을 남기고 자전거에 올라타 빠르게 사라져 버렸다.

# 제 9 화 ◐ 요미우리 랜드

아야노가 가출하거나, 우미노에게 뒷일을 의뢰하거나, 우리들의 1DK에 격진이 일어날 만한 사건은 있었지만 그것들도 전부 지나갔다.

모든 것이 일상으로 회귀해 가듯 우리의 분주한 일상이 돌아왔다.

정확하게는 잔업을 내팽개치고 심지어 그다음 날 휴가까지 냈기 때문에 나는 또 산적한 업무에 쫓기는 신세가 되었다. 싫어도 일상생활로 돌아간다. 어수선하긴 하지만, 그래도 나는 이제 막 끝이 보이기 시작하는 이 생활을 즐기고 있었다.

우미노가 모든 수속을 완료하면 시오리도 아야노도 집에서 사라진다. 희미하게나마 시한이 보이기 시작한 삶은, 그래서 더욱 사랑스럽기도 했다.

"다녀왔어."

"하루후미 씨, 어서 오세요……."

"하루 씨, 어서 와~. 앗, 맞다, 이것 좀 봐!"

내가 일을 마치고 집에 돌아오자 아야노가 슬리퍼를 탁탁 울리며 현관까지 신나게 달려왔다. 아야노는 오른손에 팔랑팔랑 흔들리는 얇고 긴 종이를 들고 있었다.

"짜잔~."

그렇게 말하며 아야노는 오른손에서 팔랑거리는 것을 내게 내밀었다. 가슴까지 펴고 한껏 기세등등하다. 얼굴을 가까이 대고 자세히 보니 아르바이트의 월급 명세서였다.

"호오, 벌써 나왔구나."

"나왔습니다~, 에헤헤."

시급은 꽤 좋은 것 같다. 근무 일수나 근무 시간이 그리 많지 않았는데도 상당한 금액이 적혀 있었다. 다만 아야노는 금액보다도『처음으로 받은 월급』이라는 것 자체를 기뻐하고 있었다. 칭찬받고 싶은 표정이 역력하다. 개라면 붕붕 꼬리를 흔들고 있을 것 같았다.

"일하느라 고생했다. 칭찬해줄게."

내가 그렇게 말하자 아야노는 "헤헹, 대단하지~"라며 콧대를 높였다. 그러는 사이 시오리도 읽다 만 문고책에 책갈피를 끼웠다.

"하루후미 씨, 먼저 목욕하실래요, 아니면 식사를……."

"그러게, 식사 먼저 할──아니, 야."

미혼임에도 어쩐지 귀에 익어버린 저 문구에 대해 곰곰이 생각하며 소파에 앉으려던 나는 "야" 하고 태클을 걸었다. 남의 집 소파에서, 그것도 남의 침낭을 차지한 채 졸고 있는 변호사를 내려다본다.

그 뻔뻔한 변호사는 안대를 들며 "아아"라고 잠에 취한 채 말했다.

"그래, 하루후미 군. 이제 돌아온 건가?"

"왜 너는 남의 집을 자는 용도로 쓰는 건데, 우미노."

"전에도 말했잖나. 아야노 군의 생활을 감시하러 오겠다고. 그건 그렇고 하루후미 군, 야근이 좀 많은 거 아닌가? 근로기준법적으로 괜찮은 거냐?"

"36시간 협정*의 상한 시간은 안 넘었어…… 일단은. 그래서 너, 밥은?"

"잘 먹었어. 오늘도 훌륭했다."

"앗, 감사합니다……."

"역시 시오리 군의 요리는 좋네. 마음이 씻기는 것 같아."

우미노는 능청스러운 얼굴로 그렇게 말했다.

요즘 우미노는 이런저런 일로 집을 방문해서는 낮잠을 자거나 두 여성들과 식사를 하거나 했다. 아직까지 자고 가는 일은 없지만 나는 시간문제가 아닐까 하고 심각하게 고민했다.

"센리 씨, 밥을 세 그릇이나 먹었어……."

아야노가 나에게 귓속말로 그렇게 말했다.

아야노는 우미노를 '센리 씨'라고 부른다. 우미노 치사토**의 『치사토』를 따서 그렇게 부르고 있다. 첫 만남은 좋지 않았지만 아야노도 상당히 우미노에게 익숙해져 있었다. 아직 조금 거리감은 있기에 내가 있을 땐 내 뒤로 숨을 수 있게 해주고 있지만.

그보다 우미노여.

밥을 세 그릇이나 먹었는가.

여전히 저 호리호리한 신체 어디에 그런 질량이 담기는 걸까. 학창 시절 라멘집에 끌려갔을 때도 주문 같은 걸 중얼거리며 말

---

*일본 근로기준법 36조 항목을 말함. 기업이 법정 근로시간(주 40시간)을 초과하여 잔업을 시킬 경우 회사는 별도의 신고를 해야함. 일반 근로자의 최대한도는 한 달 기준 45시간이다.

**치사토(千里)는 '센리'로도 발음이 가능하다.

도 안 되는 양을 먹고 있었는데 변하지 않은 건가……. 맞아, 이 녀석, 스타벅스 같은 곳에서도 아무렇지도 않은 얼굴로 주문을 영창했던 것 같다.

그건가. 마법사 같은 건가.

법 전문가라는 건 그런 존재인 건가.

나는 우미노의 먹성에 놀라면서 식사를 준비해주는 시오리에게 말했다.

"시오리, 다음부턴 식사비를 받아도 될 것 같아."

"앗, 네…… 검토를…… 아니, 알겠습니다. 받을게요."

"아아~, 그럴 수가~."

"'그럴 수가'가 아니지. 변호사니까 그 정도는 벌잖아."

"알고 있잖아? 내 몸은 연비가 나쁘단 말야. 식비가 엄청나다고……."

우미노가 꿍얼거린다.

아야노가 내 뒤에 숨으면서 우미노에게 물었다.

"센리 씨는 먹는 것치고는 엄청 말랐는데 무슨 운동이라도 하세요?"

"아니, 난 아무리 먹어도 살이 안 찌는 체질이야."

"…………치사하네요, 정말로."

시오리가 무표정으로 중얼거렸다. 눈에 빛이 없다.

아야노가 "시이 무서운 얼굴 하고 있어……"라며 내게 귓속말했다. 알고 있어. 깨닫고 있어. 그러니 함부로 이 주제를 건드리지 말아줘. 나는 얼버무리듯이 양손을 탁 모았다.

"잘 먹겠습니다."

"앗, 네. 어서 드세요……."

"이, 이야~, 시오리의 요리는 항상 맛있어 보인다니까."

"그, 그런가요……?"

시오리의 눈에 빛이 돌아왔다. 좋아, 좋아.

오늘 저녁은 양배추롤과 콘소메 스프였다.

내가 좌탁에 앉아 식사를 하고 있는데 아야노가 "계획 세우자!" 라고 말했다. 무슨 계획인가, 하고 나는 머리를 굴렸다. 아르바이트비가 나왔다고 했으니 그건가.

"아아, 수영장 말이지."

"맞아! 앗, 근데 수영복 준비가 먼저겠네. 시이는 내일 시간 비어 있어? 수영복 사러 가자."

"앗, 네. 내일이라면 괜찮아요……."

나는 토마토 맛이 스며든 양배추롤을 맛보며 두 사람의 대화를 들었다. 풀어진 계란이 들어있는 콘소메 스프와 함께 쌀밥을 털어 넣고는 말했다.

"나도 갈까? 짐꾼 역으로."

"앗, 안 돼, 안 돼! 하루 씨는 집에 있어!"

"어, 안 되는 거야?"

"하루후미 군, 여성 수영복 매장에 따라가는 건 꽤 부끄러울 거라 생각하는데?"

우미노가 소파에 벌러덩 누우며 말했다.

그런 건가. 수영장이나 바다 같은 문화와 거리를 두고 살아온 탓에 그런 류의 감각을 잘 모른다. 뭐, 집에서 느긋하게 있을 수 있다면 그보다 더 좋은 일은 없다. 이번 주도 일 때문에 바빴으니 자면서 보낼 수 있다는 건 감사했다.

"──그럼, 남은 건 언제 어디 수영장을 갈까 하는 거네."

"앗, 수영장이라면 『요미우리 랜드*』는 어떨까요……?"

시오리가 앞치마를 벗으며 말했다.

나도 이름은 들어본 적 있는 시설이다. 미리 알아봐 준 것인지 시오리는 "여기서도 한 시간이면 갈 수 있고요……"라는 설명을 덧붙여주었다.

"나는 거기도 상관없는데, 아야노는?"

"시이가 알아봐 줬잖아. 그럼 거기가 최고 아니야?"

"흐음, 요미우리 랜드구나. 그래서 언제 가는 거지?"

"뭐야, 우미노 너도 올 생각이냐?"

"불순 이성 교제를 의심받지 않기 위해 변호사를 수중에 둬야 한다고 생각한다."

어디까지가 진심인지 알 수 없는 투로 우미노가 말했다.

이 녀석의 경우 그냥 놀고 싶은 것뿐일지도 모르지만…….

"좋아. 일단 수영복을 이번 주에 산다면 수영장은 다음 주로 할까."

"네에~! 기대된다!"

"……다음 주네요, 네, 저기, 노력할게요……."

"맡겨줘. 일정은 조정해둘게."

*도쿄에 있는 놀이공원으로 여름에는 수영장이 개장한다.

그래서 우리는 다음 주 주말 수영장에 갈 계획을 세우고, 다음 일주일을 보낼 양식으로 삼았다. 참고로 다음 날, 시오리와 아야노가 어떤 수영복을 샀는지에 대해서는 "당일까지 기대해!"라는 이유로 알려주지 않았다.

○

──그렇게 돼서, 다음 주 업무 일과에 대해서 자세한 건 생략한다.

우선 발등에 불이 떨어졌던 내 담당 프로젝트는 금요일에 간신히 정리가 끝나 무사히 납품할 수 있었다.

담당 프로그래머나 디렉터에게선 타케바야시에 대한 푸념과 함께 "어떻게든 돼서 다행이다", "타니가와 씨 다음에도 부탁해"라는 감사를 받았다.

그런 말을 들으면 지금까지의 고생을 잊을 것 같아서 곤란하다.

뭐, 그래도 무거운 일이 정리되어서 조금은 어깨의 짐을 덜었다.

그대로 프로젝트 관계자들끼리 회식을 하자는 권유가 있었지만 나는 "주말에 예정이 있으니 오늘은 일찍 가겠습니다"라고 말하고 빠졌다. 그러자 프로그래머에게 "아아, 소문의 귀여운 여친님 말인가요?"라는 소릴 들었다. 나는 고개를 갸우뚱했다.

프로그래머가 말을 잇는다.

"아니, 타케바야시한테 들었거든요. 타니가와 씨가 미인 여친이 생긴 뒤로 자기 야근을 도와주지 않게 됐다고."

"그 자식, 나오는 대로 지껄이기는. 그보다 실컷 도와줬잖아, 저번에도!"

"뭐, 타케바야시가 하는 말이니까요."

프로그래머는 그렇게 말하며 웃었다.

어이없다는 웃음이었지만 목소리에 혐오감은 없었다.

타케바야시, 여러모로 불평은 끊이질 않지만 미묘하게 미워할 수 없는 건 모두 비슷한 것 같다. 응석을 받아주면 우쭐할 것을 알기에 본인에겐 절대 말하지 않지만.

○

약속한 날 이른 아침.

세 사람분의 테루테루보즈*가 달린 집 창문에서 나는 하늘을 올려다보았다.

청명한 푸른빛과 작은 흰 구름의 대비.

사진으로 찍어서 『아름다운 여름 하늘』이라는 제목을 붙일 수 있을 정도로 맑았다. 기분 좋은 아침 햇살을 받으며 아야노와 시오리, 그리고 내가 만든 저마다의 테루테루보즈가 맑은 얼굴로 웃고 있었다.

나는 수영장 갈 준비를 진행하면서 불쑥 중얼거렸다.

"히사이시 조의 노래가 흘러나올 것 같은 날씨네."

"하루 씨, 히사이시가 누구야?"

*맑은 날씨를 기원하며 달아놓는 새하얀 천으로 만든 인형.

"이에몬* 광고 음악이나, 『기쿠지로의 여름』의 음악을 맡았던 사람."

"『하울의 움직이는 성』 같은 것도 하셨죠……?"

"맞아. 아야노도 아마 들으면 알 수 있을 거야. 광고 음악으로도 자주 나오니까. 히사이시 조의 BGM이 깔리면 갑자기 훅 떠오른단 말이지, 여름이……."

존재하지도 않는 이상의 여름이 머릿속에 감도는 느낌마저 든다.

히사이시 악곡의 파워였다.

내가 그렇게 말하자 아야노는 스마트폰을 만지작거리기 시작했다.

"호오, 앗, 확실히 들은 적 있는 것 같아."

"아야노 양…… 저기, 준비할까요? 우미노 씨도 그쪽에서 기다리고 계시니까요."

"앗, 맞다, 그랬지. 센리 씨는 먼저 차 타고 간다고 했으니까."

그렇게 말한 아야노는 스마트폰을 집어넣고 준비를 재개했다.

아야노는 요즘 내가 말한 걸 자주 알아본다.

그리고 요즘 들어 사진을 자주 찍고 있다.

피사체는 요리를 하는 시오리라든지, 밥을 먹고 있는 나라든지, 소파에서 낮잠을 자는 우미노라든지, 그런 별것 아닌 일상이 중심이었다.

요즘 스마트폰 카메라는 예전 디카보다 성능이 좋았고, 거기에 아야노의 센스까지 더해져서 꽤 잘 찍혔다.

---

*일본 산토리 회사에서 출시한 녹차 음료.

본인은 요즘 "더 좋은 카메라가 갖고 싶어"라고 말하고 있다. 아르바이트비의 용도가 여러모로 정해지고 있는 것 같다. 아니, 카메라의 늪에 빠지기 시작하면 사용법이——아니, 그걸 따지기 힘든 레벨로 돈이 사라지기 시작하지. 렌즈 같은 건 비싸니까.

"좋아, 슬슬 가볼까?"

"앗, 잠깐만! 선크림 발라야지."

"그런가요…… 일단 거기 탈의실에서도 바를 수는 있는데……."

"안 돼, 이동 중에도 탈 수 있으니까. 하루 씨, 좀만 더 기다려줘!"

"예이예이."

활기찬 두 사람의 대화를 들으며, 길어질 것 같은 예감에 우미노에게 연락을 한 통 넣어두었다.

○

요미우리 랜드까지는 아사가야역에서 전철로 1시간 정도 걸린다.

주오선을 타고 신주쿠까지 나와서 오다큐* 오다와라선으로 환승했다.

아야노, 시오리와 함께 아르바이트나 대학 이야기, 눈앞에 닥친 기말고사 이야기 같은 걸 하다 보니 한 시간이 훌쩍 지나갔다.

역을 내리자 롤러코스터나 관람차 같은 놀이기구가 시야에 들어왔다.

*오다큐 전철. 일본의 대형 사철 회사 중 하나.

요미우리 랜드는 도쿄도와 가나가와현에 걸쳐 있는 놀이공원이었다.

넓은 부지에 놀이기구나 풀장, 다목적 홀 등을 갖춘 복합 놀이공원으로, 내 안에서는 영화 『핑퐁*』 촬영지로 유명한 곳이었다.

"어~이, 하루후미 군 패밀리즈~."

입장 게이트에 다가가자 차로 먼저 와 있던 우미노가 손을 들어 보였다. 새하얀 원피스에 청바지라는, 말끔하면서도 여성스러움이 느껴지는 차림이었다. 최근에는 정장 차림밖에 보지 않았기때문인지 어쩐지 그리운 기분이 들었다.

"센리 씨, 기다렸지~."

"오래 기다리셨죠……."

"아니. 이런 이벤트는 기다리는 것도 즐거움 중 하나니까."

우미노는 그렇게 말하며 소탈하게 웃었다.

합류한 우리들은 입장권을 끊고 게이트를 빠져나갔다.

들어가자마자 탈의실 쪽에서 두 팀으로 갈라졌다. 아야노나 시오리가 "다녀올게요." "기대하고 있어!"라며 여성 전용 쪽으로 가는 것을 보고 나도 남성용 탈의실로 들어갔다.

그렇다고 해도 남자의 옷 입기는 간단하다.

집에서 수영복을 입고 왔기에 벗으면 끝. 금세 준비를 마친 나는 풀사이드에서 튜브를 불며 여성들이 나오기를 기다렸다.

*2002년에 개봉한 일본의 스포츠 영화로 극 중 요미우리 랜드가 배경으로 나온다.

"하루 씨~, 기다렸지~."

아야노가 부르는 소리에 나는 튜브를 문 채 돌아섰다.

아야노는 오프숄더의 비키니 차림이었다. 차분한 색감의 원단이 가슴을 가려주었지만 양어깨와 잘록한 허리, 늘씬한 다리는 시원스레 드러나 있었다.

"하루 씨, 엄청나게 보고 있는데…… 저기, 감상은?"

"앗, 아니. 응. 잘 어울려."

"……귀, 귀여워?"

"뭐, 그렇지. 귀여워, 귀엽습니다."

"에헤헷, 그렇구나. 다행이다."

아야노는 자기 입으로 말했으면서 귀엽다는 말을 듣고 대놓고 수줍어했다.

뭐지, 이 귀여운 생물은.

"불순 이성 교제의 냄새가 나는군."

"아니, 우왓! 있었냐, 우미노……."

깨닫고 보니 어느새 우미노가 내 등 뒤에 서 있었다.

우미노는 "아야노 군한테 너무 홀딱 반한 거 아닌가?"라며 눈을 게슴츠레 뜨고 있다. 그런 우미노의 모습은 가슴을 완전히 덮은 하이넥 스타일의 비키니였다. 피부 노출을 억제했지만, 『아무리 먹어도 살이 찌지 않는다』는 걸 증명하기라도 하듯 근사한 스타일을 돋보이게 해주는 하얀색 수영복이다.

"여전히 서 있기만 해도 그림이 되는 녀석이네, 너는."

"하루후미 군은 그거다. 나에 대해 이러쿵저러쿵 말하는 것 치고는 내 언동에 관심이 없어."

"무슨 소리야. 그보다 시오리는?"

"끌어내느라 고생했다. 저 모습으로 뭘 망설이는 건지."

그렇게 말한 우미노는 연극을 하듯 턱을 치켜올렸다.

우미노가 가리킨 쪽을 보니 파라솔 그늘에 가려진 검은색 머리
가 보였다. 힐끔힐끔 얼굴을 내밀며 이쪽을 살피고 있다. "뭐야,
저건" 하고 나는 중얼거렸다. 아야노가 가벼운 발걸음으로 데리
러 가더니 시오리의 손을 끌고 돌아왔다.

"기, 기다, 기다리셨…… 죠……."

"아, 아아, 응, 저기……."

시오리 역시 파괴력이 굉장했다. 과격할 정도로.

아니, 수영복 자체는 리본이 장식된 심플한 비키니였지만, 심
플했기에 오히려 시오리의 이런저런 크기가 확실하게 느껴졌다.
크다. 알고 있었던 사실이지만. 게다가 본인이 부끄러워하는 탓
에 더욱 배덕적인 느낌이 들었다.

보고 있으면 자연스럽게 가슴께로 시선이 갈 것 같아서 나는 황
급히 얼굴을 돌렸다. 그러자 시오리가 약간 충격을 받은 듯 가슴
을 가렸다.

"저, 저기…… 역시 좀, 너무…… 화려했나요?"

"앗 아니, 그런 게 아니라——."

"어때, 하루 씨? 귀엽지? 부끄러워할 필요 없는데 말이야~."

"그래, 물론이야. 부끄러워할 필요 없어. 오히려 훌륭하다!"

"하루후미 군, 그런 식의 말투도 좀 그런데……."

"앗, 그런가. 저기, 시오리."

"네, 네에……?"

"눈에 띄는 건 시오리가 원래 매력적이기 때문이야. 부끄러워 할 일이 아니야. 잘 어울려."

"넷, 네에……. 감, 사합니다."

나와 시오리는 둘 다 붉어진 얼굴로 고개를 숙였다.

이 나이에 난 대체 뭘 하고 있는 걸까.

그런 생각을 하고 있는데 아야노가 슬쩍 팔짱을 껴왔다. 수영복 너머로 가슴이 닿았지만 아야노는 신경 쓰는 기색도 없이 쭉쭉 내 오른팔을 잡아당겼다.

"빨리, 하루 씨, 사춘기 놀이하지 말고 빨리 가자!"

"앗, 아야노 양?! 너, 너무 가까운 게 아닌……?!"

"무슨 소리야 시이, 왼팔이 비어 있잖아?"

"엣, 앗, 저기…… 에, 에잇!"

"뭣, 잠깐?! 시오리 씨?!"

시오리가 내 왼팔에 매달려와 나는 당황했다.

콕 집어 뭐라고는 하지 않겠지만, 이번에는 왼팔에 굉장히 부드러운 감촉이 닿았다.

뭐라고는 하지 않겠지만. 뭐라고는 하지 않겠지만.

"하루후미 군, 나는 지금 경찰에 전화를 해야 할지 진지하게 고민하고 있다."

"고민하지 마! 그보다 넌 변호해야 하는 입장이잖아?!"

"그럼 변호사 비용은 오늘 점심값으로 넘어가 주도록 할까?"

"나를 파산시킬 셈인가……."

나는 심장이 쿵쾅대는 소리를 들으면서 두 사람에게 이끌려 수영장에 들어갔다. 좋아한다는 말을 듣고 나서, 뭐랄까, 두 사람다 망설임이 사라지고 대담한 짓을 벌이는 일이 늘었는데. 내 심장은 오늘 끝까지 버틸 수 있을까?


○


요미우리 랜드에는 5곳의 수영장과 3곳의 워터 슬라이드가 있었다.

수영장은 일반 풀장은 물론 파도풀이나 유수풀, 어린이용의 얕은 풀, 다이빙용 풀까지 갖춰져 있었다.

내가 부풀리고 있던 튜브는 헤엄을 못 치는 시오리를 위한 것이다. 유수풀에 들어간 채 둥둥 떠내려가면서 우리는 담소를 즐겼다.

"시이는 수영을 못하는구나. 뭔가 엄청나게 잘 뜰 것 같은데. 가슴도 이렇게나 있고."

"……아야노 양, 조금의 주저도 없이 말하시네요."

"어, 그치만 저번에, 욕실에서 둥둥 떠 있었잖아?"

"앗, 아야노 양?!"

"내가 끼기 힘든 이야기를 해 버리면 반응하기 어렵잖아."

그렇지 않아도 수영복을 입은 두 사람에게 기가 눌려서 대화하기 어려운데, 화제가 그쪽으로 가면 정말로 말을 꺼내기가 어렵다. 지금도 이 두 사람과 같이 있으니 다른 사람들의 시선이 꽤나 쏠리고 있다.

"그러고 보니…… 우미노 씨는……?"

"앗, 아까 풀사이드에서 크레페 먹던데?"

"자유로운 영혼이냐, 그 녀석은…….."

"그만큼이나 먹는데 저 스타일은 비겁해요…….."

"시오리는 가끔 너무 신경 쓰던데, 그 이상으로 뺄 필요가 있나?"

나는 시오리의 체형을 보며 말했다.

솔직히 지금의 체형에서 더 빼야 할 자리는 없어 보였다. 시오리는 "앗, 저기……"라며 수줍게 배 주변을 가렸지만, 거기도 신경 쓸 필요는 없어 보였다.

그러는 사이에 유수풀을 두 바퀴 정도 돌고 말았다. 아야노가 "있지, 하루 씨" 하고 젖은 머리를 가볍게 쓸어 올리며 말했다.

"이제 워터 슬라이드 타러 안 갈래?"

"그래, 그럼 슬슬 나가 볼까."

나는 그렇게 대답하고 시오리의 튜브를 끌며 풀사이드로 향했다. 시오리는 수영을 못 하는 대로 다리를 첨벙거리며 물장구를 치는 모습이 귀여웠다. 반면 아야노는 여전히 운동신경이 뛰어나서 정신을 차리고 보면 인어처럼 스르륵 헤엄쳐 간다. 정말 대조적인 두 사람이었다.

"하루 씨, 이쪽이야, 이쪽!"

아야노에게 이끌려 나와 시오리도 워터 슬라이드를 타는 입구까지 갔다.

무료 슬라이드에는 커브가 없는 직선 코스와 커브가 있는 긴 코스 두 종류가 있었다.

참고로 커브가 달린 건 2인승도 가능한 것 같았다.

""……2인승.""

시오리와 아야노가 동시에 중얼거렸다. 내가 "그럼 둘이서 같이 타는 게 어때"라고 말했더니 두 사람에게 찰싹 등을 얻어맞았다. 뭔가 잘못 말했나 보네. 어렵구나, 여자 두 명을 상대하기란.

"아야노 양, 가위바위보로 정할까요, 순서……."

"응, 그게 좋겠어."

둘은 진지한 얼굴로 가위바위보를 했다. 참고로, 이긴 시오리가 먼저 나와 내려갔고, 진 아야노가 나중에 내려가게 되었다. 나는 두 사람이랑 한 번씩 다 타야 하는 것 같았다.


우선 시오리와 함께 워터 슬라이드 줄에 섰다.

그동안 아야노는 우미노에게 맡겨두었다. 교대로 우미노에게 맡길 예정이었다. 혼자 있다가 헌팅이라도 당하면 위험하니까. 우미노가 붙어 있다면 어설픈 헌팅 정도는 적당히 내쳐줄 것이었다.

"하루후미 씨…… 이런 거 익숙하신가요?"

"아니, 전혀."

줄을 선 시점에서 나도 시오리도 완전히 긴장했다. 아마 줄 서 있는 다른 커플이나 가족들 중에서 제일 긴장했을 거다. 나는 시오리의 손목을 잡고 있었다.

연결된 그 한 지점으로 묘하게 의식이 흘러갔다.

줄이 나아가면서 점차 우리들의 차례가 다가왔다. 나는 민망한 기분에 좀처럼 시오리를 볼 수가 없었다. 마음을 간신히 다잡고 그녀 쪽을 돌아보자, 시오리도 마침 그 타이밍에 이쪽을 돌아본 것인지 딱 눈이 마주치고 말았다. 나는 황급히 화제를 찾아 말했다.

"앗, 시오리, 내려갈 때, 앞이랑 뒤, 어느 쪽이 좋아?"

"앗, 저…… 어느 쪽으로 할까요. 앗, 그럼 앞으로."

"알았어."

그러는 사이에 우리 차례가 왔다.

시오리가 먼저 앉고, 담당 직원의 재촉에 시오리 뒤에 다리를 벌리고 앉았다. "앗, 남친 씨 좀 더 확실히 붙어주세요"라는 말을 듣고 나는 조심스럽게 시오리의 허리에 손을 감고 그대로 잡아당기듯이 끌어안았다. 부드럽다. 몸의 모든 곳들이.

내 팔 안에서 시오리가 "으음……" 하고 숨을 삼키는 것이 느껴졌다. 뺨이 뜨겁다. 시오리의 새하얀 몸과 닿아있자 온몸의 신경이 예민해진 것 같았다. 시오리의 체온을 온몸으로 느꼈다.

담당 직원의 신호와 함께 미끄러지기 시작했다.

곡선이 진 경사면을 내려가자 시오리가 소리를 높여 말했다.

"저기…… 하루후미 씨."

"응?"

"전에 했던 말, 제가 하루후미 씨를 좋아한다는 거……."

"앗, 아아, 응."

"저…… 기다릴게요. 저기, 대답은, 기다릴 수 있어요……. 하루후미 씨가, 그래 주셨던 것처럼……. 그러니, 저기……."

"──확실히 대답할게."

귓가에 대고 속삭인 그때, 슬라이드의 끝이 보였다.

나는 시오리의 몸을 꽉 껴안고 물속에 뛰어들었다. "꺄" 하는 앙증맞은 비명이 터져 나왔다. 나는 시오리를 끌어안은 채 위로 올라갔다. 시오리는 "깜짝 놀랐어요"라며 새빨개진 얼굴로 웃었다.

이어서 이번에는 아야노와 다시 줄을 섰다.

"남들이 보면 하루 씨를 엄청난 카사노바라고 생각하지 않을까?"

"담당 직원이 어떤 얼굴을 할지……."

아야노의 말을 듣고 나도 쓴웃음을 지으며 고개를 끄덕였다. 아까 미녀와 막 내려갔던 남자가 이번에는 또 다른 미소녀와 함께 온다면, 나라면 목을 부러트리고 싶을 게 분명했다. 객관적으로 말하면 지금의 나는 그 정도의 상황이다.

아야노는 나의 쓴웃음 같은 건 신경 쓰지 않은 채 태연히 팔짱을 껴왔다.

"그보다 시이랑 무슨 말 했어? 얼굴이 빨갛던데."

"뭐, 그거지. 약속이야, 약속."

"흐음, 앗, 실수로 가슴을──."

"안 만졌어. 아무리 나라도."

"그런가…… 앗, 그러고 보니 시이는 앞이었지?"

"응, 뭐, 그렇지."

"그럼 난 뒤로 갈까? 왜냐면 그게 좀 더 붙을 수 있잖아."

"마음대로 해."

"응, 마음대로 할래!"

그렇게 말하는 사이 또 우리 차례가 다가왔다. 담당 직원은 일이라서 그런지 특별히 표정에 뭔가 드러나는 일은 없었다. 단순히 일일이 얼굴을 기억하지 못하는 걸지도 모른다.

내가 먼저 앉고 뒤에서 아야노가 내 허리에 손을 둘렀다.

"좋아, 합체!"

아야노는 그렇게 말하며 내 몸에 달라붙었다. 그녀의 작은 가슴이 내 등에 닿았다. 하얀 허벅지 사이에 끼이니 어쩐지 저번에 둘이 타던 자전거가 생각났다.

경사면을 내려가기 시작했다. 아야노가 즐겁다는 듯 웃으며 말했다.

"──하루 씨!"

"──뭐야?!"

"약속 지켜줘서 고마워!"

"지킨다고 했지?"

"응! 정말 좋아!"

"뭣?!"

아야노에게 꽉 안겼다.

놀란 나는 앞으로 고꾸라지듯 출구에서 내동댕이쳐졌고, 함께 내동댕이쳐진 아야노는 그런 내 위에 몸을 얹은 채 깔깔거리며 행복하게 웃고 있었다.

○

워터 슬라이드를 한차례 즐기고 나서 우미노, 시오리와 합류해 우리들은 점심을 먹었다. 레스토랑 테라스석에 네 명이 앉아 라멘이나 만두 같은 것을 나눠 먹었다. 바닷가 근처에서 먹는 야키소바처럼, 이런 곳에서 먹는 라멘은 별 이유 없이 맛있다. 그보다 우미노는 도중에 파르페도 먹었으면서 지금도 카레 같은 걸 아무렇지도 않게 먹고 있다.

"우미노, 아까는 교대로 맡아줘서 고마웠어."

"응? 아, 레이디들 경호 말이지? 언제든 맡겨라. 뭔가 껄렁한 놈이 말을 걸었는데 얌전히 퇴장시켰어."

"엇, 말을 걸었어?"

"그보다 센리 씨는 혼자 있을 때도 말 걸어오지 않아요?"

"이런 곳에 오면 다들 해방감을 느끼는 법이니까."

그렇게 털털하게 내뱉는 우미노.

깨닫고 보니 시오리가 슬쩍 시곗바늘을 확인하고 있었다. 무슨 일이 있나 싶어 나는 슬쩍 시오리에게 귓속말을 했다.

"무슨 일 있어? 왠지 시간을 신경 쓰는 것 같은데."

"앗…… 저, 저기…….."

"왜 그래? 시이."

"실은 저기…….."

시오리는 수줍어하며 어렵사리 말을 꺼냈다. "14시부터, 저기…… 히어로 쇼가"라고. 요미우리 랜드의 주말, 니치아사*의 영웅들이 모이는 히어로쇼가 개최된다. 시오리가 『요미우리 랜드』를 고른 건 이것 때문이었나.

나는 바로 납득했다. 실로 오타쿠스러운 이유다.

"알았어. 그럼 잠깐 보러 갈까? 아야노랑 우미노는 어떻게 할래?"

"앗, 저기…… 무리해서 따라오지 않으셔도…….'

"시오리 혼자 보내면 걱정돼. 주변의 눈이라든가."

"앗, 저기. 그럼……."

"아, 나는 이쪽에서 좀 더 놀 테니까 둘이서 재미있게 보고 와."

아야노가 그렇게 말했기에 나와 시오리는 히어로쇼를 하는 광장으로 향했다.


내가 하루 씨와 시이를 배웅하자 센리 씨가 "괜찮은 거냐?"라고 물어왔다.

"연적에게 멍석을 다 깔아주고."

"응, 괜찮아. 수영장은 원래 내가 오고 싶었던 곳이고, 시이가 시이 나름의 재미를 가져줘서 오히려 다행이야."

나는 시이의 그런 점을 꽤 좋아한다. 남에게 맞춰주기만 하는 것 같지만 자신의 소중한 부분은 확실히 품고 있다. 휩쓸리기만 하는 게 아니라 중요할 때 결단을 내려준다. 그런 부분이 언니라

*일본의 TV아사히에서 방영하는 아침 어린이 방송 시간. 08:30~10:00까지 주로 특촬물이나 히어로물 위주의 방송이 진행된다

는 느낌이 들어서 좋아. 게다가──.

"나 센리 씨랑 단둘이서 이야기하고 싶었거든."

"그거 영광이군. 하지만 나한테 재미있는 이야긴 안 나올 텐데?"

센리 씨는 그렇게 말하며 턱을 괸 채 어른스러운 쓴웃음을 지었다.

하루 씨의 영화에서 본 대로, 연극적인 느낌이 더해져서 모든 것들이 의미심장하게 보이는 사람이다.

"센리 씨는 하루 씨랑 예전에 사귀었었지?"

"뭐, 그렇지. 딱 지금의 아야노 군이랑 같은 나이였던 고등학교 시절부터 대학 재학 때까지."

"알려줬으면 좋겠어──하루 씨의 취향 같은 거."

"후후, 아하하. 단순히 멍석을 깔아준 게 아니었군. 강하구나, 넌."

"그리고 저기, 센리 씨의 이야기도 듣고 싶어."

"내 이야기?"

"그, 하루 씨의 어디가 좋았다든가, 누가 고백했다든가."

"연애 이야기라는 건가? 뭐 그렇게 대단한 시작은 아니었어."

센리 씨는 그렇게 말하며 진저에일이 든 플라스틱 컵을 입에 가져갔다. 먼 옛날 일을 회상하듯 눈을 조금 가늘게 뜨고는 입을 연다.

"고등학교 때 말이지, 문화제에서 연기를 하게 됐는데 난 애초에 소설 같은 걸 안 좋아하는 성격이라 심하게 애를 먹었어. 그러던 차에 그 녀석이 그러더군. 『우미노 씨는 가만히 있어도 그림이 되는 미인이니까 평상시대로 있으면 돼』라고. 하루후미 군은 그런 말을 선뜻 하는 녀석이었지, 옛날에도."

"그것…… 뿐?"

"그것만으로 충분하지 않나? 누군가를 좋아하게 되는 건. 그걸 계기로 내 쪽에서 먼저 접근한 거다. 그러니까 그거지. 하루후미의 취향인지는 아닌지는 모르겠지만, 그 녀석은 밀어붙이는 데 약한 부분이 있어. 공략한다면 이걸 참고로 해도 좋겠지."

"그, 그렇구나…… 좋았어."

내가 센리 씨의 조언을 듣고 고개를 끄덕이는데 이번에는 센리 씨가 물었다. "나도 듣고 싶은데, 너희와 하루후미의 일상" 하고.

"엇, 하지만 별일 없는데?"

"성인 남자랑 여고생, 여대생이 같이 살고 있는 것 자체가 충분히 별일이지."

"그것도 그러네. 앗, 그럼 오야코동 이야기 들을래?"

"그건 아마, 알고 있는 이야기다. 그거지? 닭꼬치로 만드는 요리 아닌가?"

나는 센리 씨의 찌푸려진 얼굴을 보고 나도 모르게 웃어버렸다.

하루 씨, 센리 씨한테도 먹였구나.

○

시오리와 히어로쇼를 감상한 후.

아야노와 우미노 쪽에 합류하기 위해 풀사이드를 걷고 있는데 어디선가 익숙한 목소리가 났다. 멈춰선 나를 시오리가 "……하루후미 씨?"라며 의아한 얼굴로 되돌아보았다. 그 시오리의 목소리를 덮듯이 "어라, 타니가와 씨 아닌가요?"라는 경박한 목소리가 들려왔다.

나는 정말 싫지만 마지못해 돌아보았다.

회사의 후배, 술집이 본가인 강아지계 남자, 타케바야시 카즈마였다.

"타, 타케바야시……?"

"타니가와 씨가 수영장이라니 어쩐지 안 어울리네요. 뭐 하고 있어요?"

"시끄러워. 그보다 너야말로 이런 데서 뭐 하는 건데……."

"저는 가족 서비스예요. 여동생과 지인을 위한 운전수 역으로 따라왔거든요. 내친김에 여름의 만남이라도 할까 싶어서 왔는데 뭔가 이상한 인연이네요?"

"저기…… 하루후미 씨, 이쪽 분은?"

"그러니까, 회사 후배인──."

"에에에엑! 타니가와 씨 누군가요 이 미인 씨는?! 헉, 억, 여친?! 용서할 수 없는데요, 타니가와 씨?!"

"시끄러워, 타케바야시."

타케바야시는 금방이라도 피눈물을 흘릴 듯한 기세로 내 어깨를 잡고 마구 흔들어댔다. 옆에서 보고 있던 시오리가 "저, 저기……"라며 쩔쩔매고 있다. 그러는 와중 운 나쁘게도 아야노와 우미노까지 합류해 버렸다.

"어라, 하루 씨 싸움 났어? 센리 씨가 나설 차롄가?"

"아야노 군, 변호사를 그런 다목적 가위 수준의 가벼움으로 사용하지 말아주겠어?"

타케바야시가 범죄자를 보는 눈으로 나를 바라보았다.

"타니가와 선배, 불결해요!!"

"불결이고 뭐고 전부 아는 사이야, 아는 사이."

"그럼 소개시켜 주세요. 아, 저는 타니가와 선배의 후배인——."

"왜 너한테 소개시켜 줘야 하는데. 그런 일만큼은 절대 없을 거다."

"저번에 술 드렸잖아요."

"그건 네 잔업을 도와준 보답이었잖아."

"그럼 선배가 이상한 오해를 퍼뜨린 사과의 뜻으로. 그보다 선배, 어느 쪽이 진심이에요……?"

내가 성가신 후배에게 붙잡혀 있자 시오리와 아야노가 얼굴을 마주 보았다.

두 사람은 콧바람과 함께 고개를 끄덕이더니 좌우에서 내 팔을 잡아왔다. 타케바야시가 "아아아아악!"하며 언성을 높이는 가운데 아야노와 시오리 두 사람은 장난스러운 웃음을 띠며 말했다.

"하루후미 씨…… 어느 쪽이 진심인가요?"

"하루 씨, 나랑 시이 둘 중 누구야?"

나는 도움을 청하는 눈빛으로 우미노를 보았지만 우미노는 "카사노바 녀석"이라고 중얼거리며 빠르게 풀사이드를 걸어가 버렸다. 양팔에 달라붙은 두 사람과, 성가심을 온몸에 장착한 타케바야시를 앞에 두고 나는 이러지도 저러지도 못했다.

○

　도중에 타케바야시라는 예상외의 상대를 만났지만, 폭주한 그 녀석은 동생들에게 회수당하는 쓰라린 수모를 당했고 덕분에 남은 시간은 평온하게 지나갔다.

　아야노, 시오리, 우미노와 함께 파도풀에서 이리저리 흔들리거나 시오리의 수영 연습에 어울리다 보니 햇살이 점차 기울기 시작했다.

　누구랄 것 없이 슬슬 돌아가자는 소리가 나올 때쯤 우리는 함께 탈의실 앞까지 갔다. 샤워를 하고 옷까지 갈아입자 수영장에서 논 후의 기분 좋은 피곤함이 찾아왔다.

　"그럼 세 사람 다 조심해서 돌아가도록."

　게이트를 빠져나와 역으로 향하기 직전 우미노와는 헤어졌다.

　우리들은 올 때와는 반대 방향의 전철을 타고, 세 사람이 나란히 앉아 꾸벅꾸벅 졸고 있었다.

　"아, 맞아. 하루 씨한테 전해줄 게 있었어."

　신주쿠로 향하는 오다큐 오다와라선 안에서 아야노가 그런 말을 꺼냈다.

　나는 짐작 가는 것이 없어 "?"라는 얼굴로 고개를 갸우뚱했다. 아야노는 갈아입을 옷을 넣어뒀던 가방 안에서 포장된 상자를 꺼내 내밀었다. "자, 여기" 하고.

　"응? 뭐야?"

"열어봐."

그 말을 듣고 나는 포장지를 뜯었다. "앗" 하는 소리가 나왔다.

에일리언 DVD였다.

그것도 제작 메이킹 영상이 첨부된 것이다.

"그, 선물로 뭐가 좋을까 고민했는데, 하루 씨가 갖고 싶어 했던 건 그 정도밖에 몰랐으니까. 시이랑 타카코 씨랑 같이 지난주에 찾아왔어."

"아, 그래서 지난주에 따라오지 말라고——."

"……네, 죄송해요. 아야노 양이 어떻게든 첫 월급은, 하루후미 씨를 위해 쓰고 싶다고 해서……."

나는 불시에 눈시울이 뜨거워졌다.

아니, 뭐야. 서프라이즈 같은 건 그다지 겪어본 적이 없는데, 의외로 꽤 와 닿는구나. 나는 필사적으로 평정함을 되찾은 뒤 "고마워, 소중히 할게"라며 아야노를 향해 말했다. 아야노는 "응" 하고 고개를 끄덕인다. 이어서 아야노가 중얼거렸다.

"약속, 하나 끝나 버렸네."

"……그래, 그러게."

나는 차창 밖으로 지는 노을을 보았다.

저물어 버린 하루.

정확한 날짜는 모르지만, 우미노에게 부탁한 시점에서 지금 생활의 끝은 확실하게 생겨 버렸다. 끝이 생기게 되면 의식할 수밖에 없게 된다.

계속 지금 이대로 있을 수는 없다.

하지만 그렇다면 간단하다.

지금 이대로가 끝난 후에도 이어질 수 있을 만큼의 약속을 하면 된다.

"그럼 다음엔 그거네. 기말고사가 지나면 어디서 불꽃놀이라도 할까?"

"앗, 그거 좋다!"

"그럼 저는…… 나가시 소면*을 준비할게요. 저기…… 타카코 선배가 기획하고 있거든요."

"그 사람, 정말 뭐든지 다 하네……."

"아, 여름방학 시작하면 유카타 입고 여름 축제 같은 곳에 가고 싶어!"

"좋네요…… 여긴 축제도 많으니까요."

"뭐, 그만큼 사람도 많지만. 가끔은 조용하게 과학 전시회나 도쿄 박물관 같은 곳에 가도 좋겠다."

"앗, 그럼 나 수족관도 가보고 싶어."

"그러고 보니 아야노는 물고기 같은 거 좋아해? 상어나 고래 쿠션이 많던데."

"상어 귀엽지 않아?"

"귀, 귀여운가요……?"

우리는 계속해서 하고 싶은 말을 주절거리며 약속을 주고받았다.

비록 지금의 형태가 사라진다 해도 함께 있을 수 있도록.

지금의 형태 이외의 연결고리를 찾을 수 있도록.

*물에 떠내려가는 면을 건져서 먹는 스타일의 소면.

그것이 어렵다는 건 알고 있다.

하나의 감정을 유지하려면 많은 노력이 필요하다. 세 명이나 되면 더욱 그렇다. 게다가 우리 세 사람의 관계는 조금 형용하기 어렵다. 가족이라고 하기엔 너무 제각각이고 연인이라고 하기엔 수가 많다.

말로 할 수 없는 것은 변색되기 쉽고 붙잡기가 어렵다.

하지만, 그럼에도 우리는 찾아갈 수밖에 없다.

변해가는 관계 속에서 셋이 함께할 수 있는 형태를.

우리들을 단단히 이어줄 약속을.

계속 이어질 것만 같던 여름방학이 끝난 후, 그 뒤를 살아가는 방법을.

지금이 계속되지 않는다는 걸——이미 세 사람 모두가 알고 있으니까.

# 제 9 화 # ◯ 에일리언 헌터 아야노

첫 월급을 받은 날의 일.

요미우리 랜드에 가기 일주일 전의 이야기다.

하루 씨가 아직 돌아오기 전, 저녁 식사 자리에서 나는 시이에게 상담을 했다.

"에일리언 DVD…… 말인가요?"

"응. 어딘가에 없을까?"

하루 씨가 전에 나카노 브로드웨이에서 찾고 있던, 메이킹 영상이 첨부된 에일리언.

나는 첫 월급으로 하루 씨에게 뭔가 선물을 하고 싶었다.

하루 씨는 분명 "자길 위해서 써"라고 하겠지만, 그래도 나는 하루 씨가 기뻐했으면 했다. 뭔가 그 사람을 기쁘게 해줄 만한 일을 하고 싶었다.

그래서 결국 선물을 사기로 한 것이다.

에일리언 DVD로 정한 건 단순한 이유다. 내가 들은 하루 씨의 이야기 중 하루 씨가 확실하게 갖고 싶다고 한 것이니까.

시이는 내 말을 고개를 끄덕이며 들어주었다.

"앗, 역시 안…… 될까?"

"아뇨, 좋은 것 같아요. 다만 저도 자세한 건 몰라서 안내는 어려울 것 같은데……. 조금만 조사해 봐도 『완전판』이나 『디렉터스 컷 얼티밋 에디션』처럼 여러 가지가 나와서……."

"맞아, 뭔가 이것저것 많아서 전혀 모르겠어."

"하루후미 군은 매니악하니까 말이지. 그런 걸 선물할 땐 같은 기호를 가진 사람한테 물어보는 게 좋을 거다. 난 그렇게 했으니까. 아는 녀석 중에 잘 아는 녀석이 있었거든."

어느새 식탁에 자리 잡은 센리 씨가 그렇게 말했다.

센리 씨는 등을 쭉 펴고 앉아 깔끔한 젓가락질로 양배추롤을 먹고 있었다. 너무 자연스럽게 어울려서 나도 시이도 당연하게 받아들였지만, 가만히 생각해보면 이상하다.

마치 멋대로 남의 집에 침입한 요괴 같은 사람.

그러고 보니 센리 씨는 하루 씨의 전 여친이다. 하루 씨의 전 여친이라면 그 밖에도 하루 씨가 갖고 싶어 하는 걸 알고 있을지도 모른다.

"센리 씨, 하루 씨가 갖고 싶어 할 만한 거 달리 없을까?"

"하루후미 군이 기뻐할 만한 거라. 근데 그 녀석 의외로 뭐든지 기뻐한다?"

"앗, 그런가요……?"

"실익이 없는 것일수록 좋아해. 싫어했던 건 고등학교 시절 참고서를 줬을 때 정도인가."

"그, 그건 나도 싫을 것 같아……."

"같은 대학을 가자는 내 나름의 접근 방식이었는데 말이지."

센리 씨는 그렇게 말하며 쓰게 웃었다.

이야기만 들어보면 센리 씨도 어프로치에는 서툰 사람인 것 같다. 하루 씨를 상대로 여러모로 고생한 것 같아서, 어쩐지 갑자기 친근감이 생겼다. 그 마음 알 것 같아—.

"하루 씨는 날카로울 때랑 둔감할 때가 너무 확실하니까~."

"나는 그거, 실은 알고 있으면서 자기 좋을 대로 설득하면서 회피하는 것 같다. 그 녀석은 자기 마음에도 보험을 들어두는 타입이니까."

"우와, 완전 알 것 같아!"

"확실히…… 그런 구석이 있네요……."

전 여친인 만큼 센리 씨의 말은 꽤나 정확했다. 나와 시이에게 도움이 되는 정보다. 나와 시이는 고개를 끄덕였다.

"앗, 그래서…… 기뻐한 선물도 있었나요?"

"핸드 스피너는 좋아했었지. 애들 장난감이었지만. 나머지는 시가라키야키* 장식품이나."

"하루 씨, 그런 걸로 기뻐하는구나……."

"그러고 보니…… 오카야마에 있는 방에 놓여 있었죠, 시가라키야키 너구리……."

"덧붙여서 그거, 제일 기뻐했던 거야."

"하루 씨, 이상해. 완전 이상해!"

"앗, 저기, 이번에는 에일리언 DVD로 해요. 방에 둘 물건이 늘어나도 둘 곳이 마땅치 않으니까요……."

"나도 그게 현명하다 생각한다."

"그럼 어쩌지? 잘 아는 사람이라도 해도──앗?!"

짐작 가는 사람이 한 명 있었다. 그리고 시이는 당연히 나와 같은 인물을 이미 떠올린 것 같았다. 내가 말하기도 전에 시이 쪽에

*일본 시가라키 지역에서 만들어지는 도자기 장식품. 너구리 장식물이 유명하다.

서 먼저 제안을 해줬다.

"네, 좋은 생각 같아요……. 타카코 선배한테 부탁드려보죠."

○

다음 날, 하루 씨에겐 수영복을 사러 간다고 하고 나갔다. 하지만 에일리언을 산 뒤에 수영복도 살 예정이니 거짓말은 하지 않았다.

나와 시이는 신주쿠역까지 가서 약속장소인 동쪽 출구의 파출소 앞까지 갔다. 거기서 잠시 기다리고 있자 역 쪽에서 키가 큰 여자가 손을 흔들었다.

"안녕~, 취미 동료가 왔습니다~."

"앗, 타카코 씨! 오늘은 고마워!"

"선배, 감사합니다……."

"괜찮대도~. 그보다 이런 건 대환영이니까 팍팍 불러줘~."

타카코 씨는 카고 팬츠에 민소매 셔츠로 오늘도 편안한 차림이다. 근데 키가 크니까 뭔가 그럴싸하다.

나는 타카코 씨 뒤에 평소와 같은 사람이 없다는 걸 깨닫고 물었다.

"어라, 오늘은 네코랑 같이 안 왔나요?"

"아아~, 네코는 리듬겜 방송하느라 안 올 거야~."

"방송?"

"네코는…… 게임 영상 같은 걸, 가끔 동영상 사이트에 올리거든요."

시이는 그렇게 말하면서 스마트폰으로 동영상을 보여주었다.

애니메이션 같은 캐릭터가 게임 실황을 하는 영상이다. 이 목소리의 주인이 네코인 것 같다. 목소리가 똑같다. 나는 "호오" 하며 탄성을 흘렸다.

"시이 주변에는 특이한 사람이 많네?"

"무슨 말씀. 인간은 한 꺼풀 벗기면 다들 특이해지는 법이라고~. 그럼 우선은 스루가야*라도 가 볼까? 아니면 아키하바라의 만다라케**라든가, 그 위주로 보러 가자. 필요한 건 서(Sir)가 노발대발하는 작품이지?"

"서가 누구야?"

"리들리 스콧 감독 말이야~. 그 사람은 영국 왕실에서 기사 칭호를 받았으니까~."

그런 말을 하면서 타카코 씨의 안내를 받아 나와 시이는 중고 DVD를 취급하는 가게를 몇 군데 돌아다녔다. 그런데도 신주쿠에서는 발견되지 않아서 역까지 돌아와 아키하바라 쪽까지 이동했다.

이동하는 도중 역 에스컬레이터에서 앞장서던 타카코 씨가 불쑥 말했다.

"그래서 두 사람 다 결국 하루후미 선배 영화는 봤어~?"

"네, 봤어요."

*일본의 유명한 중고 상품 쇼핑몰. 온라인과 오프라인 매장 모두 있다.
**일본의 프랜차이즈 중고 매장.

"나도~."

"흐음. 솔직히 그 영화 어때~? 하루후미 선배를 좋아하는 두 사람이 보기에~?"

나와 시이는 동시에 "헉" "앗"이라며 말을 삼켰다.

최근에 알게 된 사실이지만 하루 씨 이외의 사람들이 보면 나나 시이의 호감은 꽤 잘 드러나는 것 같다. 어쩐지 어제 들었던 센리 씨의 말이 떠올라 버렸다.

"그 영화, 의외로 노골적으로 하루후미 선배의 성벽이 드러나잖아?"

"앗, 알 것 같아! 그거 완전히 느꼈어!"

"그렇지~?, 하루후미 선배는 이렇게 소바를 먹는 사람을 좋아하는구나~ 라든가."

"역시 저기…… 긴 머리를 좋아하죠, 하루후미 씨……."

"확실히 그럴걸~. 게다가 옷 취향도 훤히 드러난다고, 훤히."

"타이즈도 좋아하지. 역시 다리 페티시."

"그보다 말이야~. 하루후미 선배랑 같이 수영장 가지~? 그럼 승부 수영복도 사야겠네~."

"앗, 그래서, 타카코 선배만 가능하시면, 저기…… 조언을 받고 싶어요……."

"그러게! 뭔가 타카코 씨 하루 씨랑 생각도 비슷한 것 같고!"

우리가 그렇게 말하자 타카코 씨가 어쩐지 복잡한 미소를 지어 보였다.

기뻐 보이면서도 난감한 어조로 "하루후미 선배도 힘들겠네~"

라고 중얼거린다. 나와 시이는 의아해하며 고개를 갸우뚱했다. 타카코 씨는 어깨를 으쓱한 채 개찰구를 빠져나갔다.

우리도 뒤를 따라 아키하바라로 나왔다.

타카코 씨가 뒤를 돌더니 우리들을 보며 말했다.

"두 사람도 충분히 특이하다고~. 연적끼리 그렇게 친한 것도 말이지~."

나와 시이는 얼굴을 마주 보았다.

듣고 보니 이상한 관계다.

평범하게 지냈다면 절대 만나지 못했을 상대.

원래라면 남남인데 같이 살게 된 사람이자, 언니 같은 사람이고, 엄마 같은 사람이고, 가족 같은 사람이자 강력한 연적.

그럼에도 계속 함께 있고 싶은 친구이기도 하다.

나와 함께 있어 주겠다고, 가출했던 날 밤에 말해준 사람이다.

쿠로모리 시오리.

은인이라고 한다면, 하루 씨와 같은 정도로 내게 있어선 은인이다.

뭐라 불러야 할지 알 수 없는 상대.

이런 관계는 확실히 이상할지도 모른다. 하지만——.

"나는 시이도 완전 좋아하니까!"

나는 그렇게 말했다. 생각보다 큰 소리가 나왔다.

시이는 새빨개진 얼굴로 고개를 숙였지만, 곧바로 얼굴을 들고 말했다.

"저, 저도, 아야노 양을, 정말 좋아해요……"라고.

정말 좋아하는 만큼 시이의 목소리도 컸다.

타카코 씨가 큰 소리로 웃는다. "너희들 역시 좋다니까~"라며. 그리고 이상한 우리들은 아키하바라 안의 DVD 상점을 돌아다니다가 간신히 에일리언 DVD를 찾아내고야 말았다.

○

나와 시이는 수영복과 DVD를 들고 아사가야역에 내렸다. 타카코 씨와는 전철 안에서 헤어졌고, 지금은 둘이 함께 하루 씨가 기다리는 1DK로 돌아갔다.

나와 시이는 자연스럽게 손을 잡고 있다.

언젠가 같이 장바구니를 들고 돌아갔을 때처럼.

둘이 걸어가면서 문득문득 떠오른 듯 이야기를 나눈다. 오늘 저녁밥에 대해. 하루 씨에 대해. 수영복에 대해. 수영장에 대해. 앞으로에 대해.

"시이, 나 말하고 싶은 게 있어."

"……네, 뭔가요."

"나 들어버렸어. 시이가 이사할 곳 찾는 이유."

"괜찮아요. 저도 알아버렸으니까요. 가정사에 대해."

시이는 그렇게 대답했다.

이걸로 비긴 거라고.

하지만, 좀 더 중요한 비밀이, 우리 사이에 있다.

"있지――그날 밤의 키스 말인데……."

큰 결심을 하고, 말해봤다.

우리 사이에, 더는 숨기는 일은 없었으면 했으니까.

## ◯ 에필로그

요미우리 랜드에서 돌아오는 길.

아사가야역에서 우리들의 1DK로, 셋이서 느티나무 가로수길을 걷는다.

"후암~ 하루 씨, 졸려, 어부바……."

"힘내서 걸어. 나도 졸리다."

"저, 저도 조금…… 졸리네요."

우리 모두에게 기분 좋은 졸음이 가득했다.

수영장에서 실컷 놀고 난 후, 냉방이 되는 전철에서 흔들린 탓에 그런 거겠지. 비유하자면 그래, 그거다. 수영장 수업 후에 국어 낭독을 듣고 있는 느낌이다.

기울어지기 시작한 햇살도 한때의 낮잠을 부르는 따스함이 있었다.

눈을 끔뻑거리며 부드러운 바람 속을 걸었다.

졸음을 머금은 몸을 움직이다가 나는 문득 어느 날의 일이 떠올랐다.

그러고 보니, 전에도 이렇게 함께 역에서부터 길을 걸었었다. 그날도 나는 술을 조금 마시고 있어서 묘하게 졸렸던가.

그리고 그날 심야.

소파에서 잠든 내게 누군가가 키스를 했다.

한때는 꿈이 아니었을까 의심했지만 이제는 역시 현실이라고 인정할 수밖에 없다. 두 사람이 호감을 품고 있다는 걸 알았으니까. 그 호감은 입장이나 나이 차, 특수한 상황에서 생겨난 환상 같은 것일지도 모르지만.

하지만 연애 감정이라는 건 대개 그런 것이다.

나는 플라토닉한 애정이라는 건 믿지 않는다.

그걸 진지하게 탐구할 만큼 시간적인 여유를 가진 사람도 아니며, 매일 허둥지둥 일에 쫓겨야 하는 보잘것없는 회사원이다.

진실한 사랑을 찾는 건 철학자나 소설가, 영화감독 등등에게 맡긴다. 그럴듯한 답을 시대에 맞게 업데이트해 줘.

나는 타인에게 받는 호감의 정체가 애매한 그대로라서 다행이다.

——하지만, 그렇지.

자는 인간에게 장난을 친 건 어느 쪽인가 정도는.

이제 그만 밝혀도 되지 않을까.

"저기, 그날의 키스는, 결국 어느 쪽이었어?"라고.

내가 겨우겨우 꺼낸 말에 두 사람은 얼굴을 마주 보았다.

의외로 양쪽 모두 침착한 표정이다.

마치 사전에 미팅이라도 마친 것 같은 분위기.

시오리와 아야노가 함께 내 쪽을 돌아보았다.

바람이 솨아아, 하고 느티나무를 흔들었다. 나뭇잎 사이로 쏟아지는 눈 부신 햇살이 두 사람의 얼굴 위에서 반짝반짝 빛났다. 푸른 잎사귀의 냄새와, 그녀들의 머리카락에 남아 있는 수영장의 향기에 여름을 강렬하게 느꼈다. 계속 과거에 두고 왔던 소년 날의 여름방학이 떠올랐다.

나는 멋쩍은 기분에 쓴웃음을 지었다. 이 나이에 청춘이라니 부끄럽네.

약속이나 한 듯 그 둘은 동시에 말했다.

"그럼 확인해 볼래?"

"……확인해 보실래요?"

두 사람은 도발적인 미소를 지으며 입술에 검지를 가져갔다.

나도 모르는 곳에서 둘만의 비밀이 있었던 것처럼. 그것도 좋지. 나는 어깨를 으쓱하고 어른스러움을 가장하며, 청춘과 비밀의 냄새가 나는 두 사람 사이를 나아갔다.

# 후기

쇼텐 좀비입니다. 수영복 회차였네요. 수영복 회차.

좀비는 여자애와 함께 바다나 수영장에 간 적은 없지만요. 과격파이기 때문에.

아니, 이 좀비도 역시 "바다나 수영장에 남녀 함께 가는 무리들은 모두 온건파다"라고 말할 생각은 없습니다. 거기까지 과격한 사상을 내세울 생각은 조금도 없어요. 건전한 남녀교제, 좋습니다.

하지만 그 천의 면적은 어떨까요. 속옷이나 다름없고, 심지어 남자는 팬티 하나에 위는 텅 비었습니다. 타임을 측정하는 수영 같은 거면 몰라도 단순한 유영 행위를 위해 그렇게 천의 면적을 줄일 필요가 있을까요? 여기선 빅토리아 시대의 영국 수영복 정도로 피부 노출을 삼가도 괜찮지 않을까요?

아아, 아뇨, 이건 『인기 없는 남자의 질투』 같은 게 절대 아닙니다. 착각하지 말아주세요. 어디까지나 문제 제기입니다. 저기 정말 질투가 아니니까요.

말하면서 초라해지는 쇼텐 좀비

EKI TOHO 7HUN 1DK. JD, JK TSUKI. Vol.02
ⓒ2021 Shoten Zombie
First published in Japan in 2021 by OVERLAP, Inc.
Korean translation rights reserved by Somy Media, Inc.
Under the license from OVERLAP, Inc., Tokyo JAPAN

# 역 도보 7분 1DK. 여대생, 여고생 포함. 2

2023년 9월 15일 1판 1쇄 발행

| | |
|---|---|
| 저　　　자 | 쇼텐 좀비 |
| 일 러 스 트 | 유즈하 |
| 옮 긴 이 | 이소정 |
| 발 행 인 | 유재옥 |
| 본 부 장 | 조병권 |
| 담 당 편 집 | 박치우 |
| 편 집 1 팀 | 김준균 김혜연 |
| 편 집 2 팀 | 정영길 조찬희 박치우 정지원 |
| 편 집 3 팀 | 오준영 이해빈 이소의 |
| 편 집 4 팀 | 전태영 박소연 |
| 디 자 인 | 김보라 박민솔 |
| 라 이 츠 | 김정미 맹미영 이윤서 |
| 디 지 털 | 박상섭 김지연 윤희진 |
| 발 행 처 | ㈜소미미디어 |
| 등　　　록 | 제2015-000008호㈜소미미디어 |
| 주　　　소 | 서울시 마포구 토정로222, 403호 (신수동, 한국출판콘텐츠센터) |
| 판　　　매 | ㈜소미미디어 |
| 제 작 처 | 코리아피앤피 |
| 영　　　업 | 허석용 백철기 |
| 마 케 팅 | 최정연 최원석 박수진 |
| 물　　　류 | 허석용 백철기 |
| 전　　　화 | (02)567-3388, Fax (02)322-7665 |

ISBN 979-11-384-7954-7 (04830)
ISBN 979-11-384-0629-1 (세트)